I. DIGAS   Strenge Frauen und ihre Männer

I. DIGAS

Strenge Frauen und ihre Männer

Spankinggeschichten über dominante Frauen

© 2020 I. DIGAS

Herstellung und Verlag: BoD – Books on Demand, Norderstedt

Printed in Germany

ISBN 978-3-7519 2154-1

Titelfoto: I. DIGAS

Inhaltsverzeichnis

Vorwort

Der vorliegende Band beinhaltet eine Sammlung von Kurzge-
schichten über dominante Frauen und devote Männer. Die
Texte sind dabei teilweise neu, teilweise auch schon in Fan-
Magazinen veröffentlicht worden. Die bereits bekannten Geschichten wurden alle neu überarbeitet und sind in dieser Fassung bislang unveröffentlicht.

Manche Geschichten beinhalten als Kern wahre Erlebnisse
von mir, um die herum frei erfundene Handlungen konstruiert
wurden. Der überwiegende Teil ist jedoch reine Fiktion.

Alle realen und fiktiven Personen in den nachfolgenden Geschichten sind selbstverständlich erwachsene Menschen, d.h.
über 18 Jahre alt. Es werden lediglich Rollenspiele unter aus-
schließlich Erwachsenen beschrieben, an dem alle freiwillig
teilnehmen. Der erweckte Anschein von Zwang ist Bestandteil
des jeweiligen Rollenspiels.

Die in den Texten verwendeten Namen sind alle fiktiv und jede
Ähnlichkeit mit einer lebenden oder verstorbenen Person ist
rein zufällig.

Nun aber: Viel Spaß beim Lesen!

Mit besten Grüßen

I. DIGAS

Unverhofftes Outing

Thomas und Heike hatten sich während der Schulzeit kennengelernt und waren rasch ein Paar geworden. Seitdem waren einige Jahre ins Land gegangen, und die beiden hatten geheiratet. Thomas machte eine Ausbildung in einem großen Konzern, bei dem er seitdem arbeitete. Seine Frau hatte eine Lehre als Verkäuferin in einer Bäckerei absolviert, wo sie derzeit eine Halbtagsstelle innehatte. Ansonsten kümmerte sie sich um den Haushalt, der noch kinderlos war. Nun könnte man meinen, dass Heike dem Klischee einer ‚typischen Hausfrau' entsprach, aber das war weit gefehlt: Im Gegensatz zu vielen Frauen konnte sie mit Werkzeug hervorragend umgehen. Sie wusste allerdings auch, dass Thomas ein leidenschaftlicher Handwerker war, der stundenlang in seinem Werkzeugkeller, den er übertrieben als ‚Werkstatt' bezeichnete, ausharren konnte. Also überließ sie ihm gewöhnlich die anfallenden Reparaturarbeiten. Für den Fall der Fälle hatte sie aber immer einen Satz Schraubenzieher und die unvermeidliche Kombizange in der Abstellkammer griffbereit liegen. Manchmal holte sie sich auch ein benötigtes Werkzeug aus der ‚Werkstatt', um eine kleine Instandsetzung schnell erledigen zu können. Sie wollte ihren Mann nach seinem langen Arbeitstag nur ungern mit Kleinigkeiten belasten. Nach dem ersten Mal hatte sie Thomas stolz von ihrer Eigeninitiative berichtet - und sein enttäuschtes Gesicht gesehen. Es war offensichtlich, dass er die Reparatur gerne selber erledigt hätte. Also verschwieg sie ihm zukünftig die kleinen Probleme, die sie selber behoben hatte.

An diesem Tag nun stellte Heike gegen Mittag fest, dass der Wasserhahn leckte. ‚Wahrscheinlich die Dichtung', dachte sie, ‚also kein Problem.' Es wäre nicht die erste Dichtung, die sie im Laufe der Jahre still und leise ausgetauscht hätte.

Sie wusste, dass noch eine Ersatzdichtung im Werkzeugkeller sein musste. Da sie ohnehin die Wasserpumpenzange brauchte, begab sie sich in die Werkstatt. Das gesamte Werkzeug war sehr ordentlich verstaut, aber wegen der vielen herumstehenden Materialien wie Holzplatten, Farbeimer und andere Dinge wirkte der Keller trotzdem unaufgeräumt.

Heike musste nicht lange suchen, bis sie in einem Regal die vielen kleinen Behälter mit Nägeln, Schrauben und anderen Kleinteilen fand. Von der benötigten Dichtung konnte sie jedoch nichts sehen. Dabei war sie sich ganz sicher, dass sie seinerzeit ein Mehrfachpack hatten kaufen müssen, um das Teil im Wasserhahn des Badezimmers ersetzen zu können.

Suchend sah sich Heike um. Wenn die angebrochene Packung mit Dichtungen nicht im Regal der Kleinteile war, konnte sie sich nur in einem der Schränke oder in einer der Schubladen an der Werkbank befinden. Die Werkbank klammerte sie zunächst aus und widmete sich dem alten Schrank, den Thomas für diverse Materialien aufgestellt hatte. Eigentlich war es der alte Küchenschrank ihrer Eltern, aber nachdem er in die Jahre gekommen und von ihren Eltern ausgemustert worden war, wollte ihn Thomas unbedingt in seiner ‚Werkstatt' haben. Die Alternative wäre der Sperrmüll gewesen, aber da der Schrank auf diese Weise noch einen Nutzen hatte, war Heike mit der Lösung einverstanden.

Sie öffnete die obersten Fächer und sah sich einer Fülle von Maurerkellen, Spachtel und anderen kleinen Werkzeugen gegenüber, daneben Isolierband, einem Lötkolben und vielem mehr. Von der gesuchten Dichtung keine Spur. Also setzte sie ihre Suche in dem Schrank systematisch von oben nach unten fort.

Im untersten Fach hatten früher das ‚gute Geschirr' sowie die Kuchen- und Tortenplatten gestanden. Das waren alles Erbstücke von ihrer Oma, die sie von ihren Eltern bekommen hatten. Da man aber heutzutage so etwas nicht mehr verwendete, hatten sie vieles bei einer Auktionsplattform im Internet verkauft und ein paar übrig gebliebene Sachen weggeworfen. Ihren Eltern hatten sie davon kein Wort gesagt, aber ihre Mutter schien es zu ahnen. Heute befanden sich in diesem vergleichsweise riesigen Fach zahllose alte Konservendosen mit halbvertrockneten Pinseln. Auch eine angebrochene Flasche Terpentin zum Reinigen der Pinsel fand sich an. Aber auch hier keine Spur von einem Dichtungsring. Eigentlich wollte Heike die Suche schon ergebnislos abbrechen, als sie hinter einer besonders dicht stehenden Reihe von alten Dosen Papier zu sehen glaubte. Sie nahm an, dass es alte Zeitungen seien, die ihr Mann beim Streichen als Unterlage benutzen wollte.

Ein Lächeln huschte über ihr Gesicht: ‚Es ist bestimmt lustig zu sehen, was für Themen ‚damals' gerade aktuell waren', dachte sie bei sich. Da Heike schon immer recht spontan war, zögerte sie nicht lange und räumte ein paar Dosen so weit beiseite, dass sie den Papierstapel hervorziehen konnte. Zu ihrer Überraschung waren es jedoch keine alten Zeitungen, sondern sorgfältig in Klarsichthüllen verstaute bunte Magazine. Bei genauerem Hinsehen zuckte sie zusammen: In ihrer Hand hielt sie nicht etwa eine Autozeitschrift, sondern Hefte, auf deren Titelseite Menschen mit versohlten Gesäßen zu sehen waren. Irritiert öffnete sie das erstbeste Heft und überflog den Inhalt. Es gab keinen Zweifel, dass es sich um ein Fetischmagazin handelte, dass dem Rohrstock huldigte und das Versohlen von Hinterteilen als lustvollen Genuss feierte.

Rasch blätterte Heike ein paar von diesen Hefte durch. Nachdem sie fünf oder sechs im Schnelldurchgang durchgeschaut hatte, fing sie an, einige Geschichten zu lesen. Anfangs überflog sie den Inhalt nur, aber nach und nach wurde sie von den Berichten in einen geheimnisvollen Bann gezogen. Sie nahm die Magazine mit ins Wohnzimmer, machte es sich in einem Sessel bequem und vertiefte sich nun intensiv in die Hefte. Sie war so mit ihrem Studium beschäftigt, dass sie Zeit und Raum um sich herum vergaß. Nicht ignorieren konnte sie jedoch das stetig zunehmende Kribbeln zwischen ihren Beinen bei den Berichten, in denen eine Frau ihren Mann dominierte. Heike konnte spüren, wie sie diese Geschichten aufwühlten. Ihr Slip war schon längst feucht, aber nun verirrten sich auch beinahe automatisch ihre Finger unter ihren Rock und in das Höschen. Rasch legte sie die Hefte beiseite und stellte sich vor, wie sie Thomas auf eine der beschriebenen Weisen behandeln würde. Ihre Erregung wuchs, längst schon bearbeitete sie ihr Geschlecht mit beiden Händen – dann erlöste sie ein gewaltiger Orgasmus und schwemmte alle Gedanken für einen Moment fort.

Als die Benommenheit langsam wich, schaute sich Heike zunächst verwirrt um. Langsam realisierte sie, dass sie in ihrem Wohnzimmer war und was sie gerade getan hatte. Dann entdeckte sie die Magazine und nahm eines davon erneut in die Hand.

„Kaum zu glauben, was ein paar Geschichten so alles auslösen können", murmelte sie vor sich hin. Dann fiel ihr Blick auf ein Bild und sofort war sie wieder wie elektrisiert. Rasch blätterte sie die Magazine durch und betrachte nun voller Faszination die Bilder. An einem Foto blieb ihr Blick hängen: Es zeigte einen Mann, der vor einer Frau in Lederkleidung kniete, während sie mit der Spitze eines Rohrstocks über seinen Rücken zu streichen schien. Dieses Bild ließ in Heikle erneut die Lust ansteigen, und während sie immer wieder auf die Szene starrte, besorgte sie es sich ein zweites Mal. Wieder war der Höhepunkt unglaublich! Nicht, dass ihr Thomas bislang keinen Orgasmus beschert hätte! Ganz im Gegenteil, er war auf diesem Gebiet ein Könner und im Gegensatz zu anderen Frauen musste sie ihrem Mann keinen Orgasmus vortäuschen – zumindest nicht immer. Aber diese beiden Eruptionen waren

13

anders, irgendwie etwas Besonderes. Irgendetwas an den Inhalten der Geschichten und den Darstellungen auf den Fotos berührte sie innerlich so sehr wie sie noch nie von etwas berührt worden war.

Obwohl Heike von den Ergebnissen ihres Masturbierens erschöpft war, konnte sie nicht anders und las weiter in den Magazinen. Sie war ganz im Bann der Hefte gefangen. Darüber vergaß sie nun erst Recht die Zeit und schrak zusammen, als Thomas plötzlich ins Wohnzimmer kam. Anfangs streifte sein Blick die verstreut auf dem Tisch liegenden Magazine, aber dann erkannte er sie und seine Augen weiteten sich vor Schreck. Gleichzeitig lief sein Gesicht Rot an, aber nicht vor Wut, sondern vor Scham.

„Was - was liest du da, Schatz?", fragte er vorsichtig.

Heike war anfangs peinlich berührt, dass ihr Mann sie beim Lesen dieser Hefte überrascht hatte. Aber sie hatte sich schnell gefangen und konterte nach außen hin voller Selbstsicherheit: „Wonach sieht es denn aus? Das sind deine Hefte, richtig?"

Thomas wollte antworten, aber ein Kloß verstopfte ihm die Kehle, also nickte er nur.

Das gab Heike Oberwasser. Langsam fühlte sie sich wieder sicher: „Du willst also Frauen verdreschen, ja? Das ist ungeheuerlich! Mir gegenüber bist du immer so zärtlich und einfühlsam, aber heimlich willst du mich grün und blau schlagen, ja?"

14

Angesichts dieses Vorwurfs kamen seine Stimmbänder wieder in Schwung: „Nein, Schatz, nein, das ist alles ganz anders! Ich will keine Frauen schlagen, schon gar nicht dich! Nicht mal in Gedanken! Ich..."

Rüde unterbrach ihn Heike: „Wozu dann diese Hefte? Was reizt dich daran?" Sie bemühte sich dabei um einen möglichst abfälligen Gesichtsausdruck.

Verlegen nestelte Thomas an seiner Jacke herum. Er wusste nicht, was er mit seinen Händen machen sollte, die ganze Situation kam ihm unwirklich vor. Es war offensichtlich, dass er sich vor Verlegenheit wand und in seiner Haut überhaupt nicht wohl fühlte. Allerdings war ihm auch klar, dass er nun Farbe bekennen und zu seinem Faible stehen musste. Nur war ihm noch nicht klar, wie er es sagen sollte, ohne dass es von Heike falsch aufgefasst werden und zu Spannungen in ihrer Beziehung führte konnte.

Seine Frau bemerkte seine Verlegenheit, wurde aber inzwischen ungeduldig. Als Thomas in ihren Augen lange genug nach Worten gesucht hatte, herrschte sie ihn an: „Jetzt red endlich!"

Thomas wusste, dass nun der Moment der Wahrheit gekommen war. Anfangs druckste er auf der Suche nach den richtigen Worten noch ein wenig herum, aber als er merkte, dass Heike keinen Tobsuchtsanfall bekam, wurde er immer mutiger und gestand ihr schließlich alles. Er gab zu, dass es ihn seit seiner Jugend reizte, von einer Frau beherrscht zu werden, aber da sie ja in einer Zeit der Emanzipation aufgewachsen waren, hatte er sich das nicht zu sagen getraut.

Als er mit seinem Geständnis fertig war, fragte ihn Heike: „Wann hast du denn diese – diese ‚Variante' für dich entdeckt?"

„Eigentlich habe ich mich schon immer davon angesprochen gefühlt", kam die stockende Antwort, „anfangs waren es Szenen in irgendwelchen normalen Spielfilmen, dann einzelne Textpassagen in Büchern. Ich konnte meine Gefühle nicht einordnen, wusste nicht, was das sein könnte. Das konnte ich erst, als ich mit achtzehn in einem Sexshop war und mir die Magazine und Bücher angeschaut habe."

Heike sah ihren Mann fassungslos an. Der saß inzwischen wie ein Häufchen Elend auf dem Sofa und knetete seine Hände.

„Du warst in einem Sexshop? Mit achtzehn? Da waren wir doch schon zusammen!"

„Ja, ich weiß, deshalb ja auch", erwiderte ein nervöser Thomas. Als er sah, dass Heikes Augen nun doch vor Zorn zu funkeln begannen, beeilte er sich hinzuzufügen: „Du warst doch meine erste richtige Freundin, und ich – ich hatte doch keine Ahnung, wie Sex – also wie richtiger – Sex so geht. Aber ich wollte es dir ganz toll besorgen, und da – da habe ich – na ja, da dachte ich, dass entsprechende Hefte mir vielleicht helfen würden. Ich wollte alles über Stellungen und so wissen, deshalb …"

Heike unterbrach ihn: „Also basieren alle unsere Aktivitäten im Bett und in der Natur auf den Inhalten von Sexheften?"

16

„Anfangs ja", räumte er kleinlaut ein, „aber später nicht mehr. Ich wollte dich doch glücklich machen, und alle meine Freunde haben mit ihrem Wissen über Stellungen geprahlt, da konnte ich mich doch nicht als unwissend outen oder meine Kumpels fragen – die hätten mich ausgelacht, ich wäre bis in die Steinzeit und zurück blamiert gewesen!"

„Okay, okay", winkte Heike ab. Mit einer Kopfbewegung deutete sie auf die Spankingmagazine: „Und das da?"

„Na ja, ich habe mich im Sexshop ja nicht ausgekannt, also habe ich mich beim ersten Mal umgesehen und geschaut, was es da so alles gibt. Tja, und da war dann ein Regal mit lauter Heften über Spanking, Sadomaso, Klinik-Sex und andere Varianten. Irgendwie hat mich dieses Regal fasziniert und ich habe nach und nach von allem ein oder zwei Hefte gekauft. Am Ende wusste ich: Spanking ist mein Faible! Aber wie sollte ich dir das sagen? Ich wusste es nicht, also habe ich es für mich behalten."

„Du würdest also gerne eine Frau verdreschen? Glaub bloß nicht, dass du das mit mir machen könntest!"

„Nein, nein", beeilte sich Thomas klarzustellen, „ich möchte selber dominiert werden." Als er Heikes vor Staunen offenen Mund sah, fügte er rasch hin zu: „Natürlich weiß ich nicht, wie das real sein würde, aber in meiner Fantasie…" Er brach ab. Dann entdeckte er das aufgeschlagene Magazin mit dem Foto von dem knienden Mann. „So wie der da", murmelte er leise.

Heike war sprachlos. Dafür reagierte ihr Geschlecht umso intensiver, sie konnte das wilde Pochen ihrer Muschi bis zum Hals spüren.

„So, so, du willst also von einer Frau dominiert werden, ja? Und darüber hast du mich all die Jahre belogen, ja? Wie lange sind wir zusammen, he?"

„Äh", machte Thomas, um Zeit zu gewinnen. Im Kopf rechnete er schnell nach und hauchte dann: „Sechs Jahre."

„Beinahe schon sieben Jahre!", korrigierte ihn Heike, „und in der ganzen Zeit hast Du mir etwas vorgespielt, ja? Hast den liebevollen Mann gespielt und dich heimlich nach einer Tracht Prügel gesehnt!?! Hast mir im Bett den geilen Hengst vorgegaukelt, aber in Wahrheit warst du die ganze Zeit ein anderer, wolltest ein Sklave sein? Woran hast du gedacht, wenn wir gebumst haben und du in mir abgespritzt hast, he? Hast du dir vorgestellt, als dummer Diener deine Herrschaft zu vernaschen?"

Thomas war verwirrt, er wollte diese Fragerei nur noch beenden. Er konnte aber auch verstehen, dass Heike diese Fragen beschäftigten und sie Antworten wollte. Diese Antworten musste sie jetzt bekommen, damit sich keine Risse in ihrer Beziehung bilden konnten.

„Heike", begann er vorsichtig, „du, ich liebe dich, das habe ich immer getan. Beim Sex habe ich dein strahlendes Gesicht gesehen, du wirktest immer so glücklich – wie hätte ich dir da von meiner Neigung erzählen können? Ich weiß ja selber nicht, ob es in Wirklichkeit so schön ist wie in den Heften dargestellt – ich habe es ja nie ausprobiert. Dazu hätte ich mir ja jemanden suchen müssen, aber für mich gibt es nur eine Frau in meinem Leben, und das bist du! Ehrlich! Deshalb – deshalb habe ich geschwiegen. Das war ein Fehler, das weiß ich jetzt, aber ich hatte so wahnsinnige Angst, dass du mich für pervers halten und verlassen würdest..."

„Du meinst, dass ich dich jetzt nicht mehr für pervers halte?"

Thomas zuckte schicksalsergeben mit den Schultern: „Ich – weiß nicht. Du hast ja nun die Hefte gefunden und gelesen, du weißt jetzt Bescheid. Ich kann momentan nur noch deine Reaktion abwarten." Er sah ihr ins Gesicht: „Es tut mir leid, wirklich! Ich wünschte, ich hätte es dir selber gesagt – irgendwie. Das wäre besser gewesen, als es auf diese Weise durch Zufall zu erfahren. Aber ich wusste nicht, wie ich das anstellen sollte, ohne dich zu verletzten oder unsere Beziehung zu gefährden. Bitte, das musst du mir glauben!"

„Ja, es wäre wirklich besser gewesen, wenn du es mir schon vor Jahren gesagt hättest", nickte Heike und überlegte, ob sie von ihrer eigenen Faszination beim Lesen der Texte und ihren beiden Masturbationen berichten sollte. Als sie aber das Häufchen Elend von Ehemann auf dem Sofa sitzen sah, verlor sie darüber kein Wort. Stattdessen fasste sie einen Entschluss und verließ kurz das Zimmer.

Bei ihrer Rückkehr saß Thomas immer noch auf dem Sofa, hatte aber die Hände vor das Gesicht geschlagen. Sein Körper zuckte leicht. Als er bei ihrer Rückkehr den Kopf hob, konnte sie die Tränen in seinem Gesicht sehen.

„Heike, bitte…", stammelte er.

„Halts Maul!", unterbrach ihn seine Frau, „du willst dominiert werden, ja? Du willst so behandelt werden wie der Kerl da auf dem Foto, ja? Warum sitzt du dann noch so faul auf dem Sofa herum und steckst zudem noch in deinen Klamotten?"

Insgeheim staunte Heike, wie leicht ihr diese Worte über die Lippen gekommen waren. Ob sie den richtigen Befehlston getroffen hatte, von dem sie in kurzer Zeit so viel gelesen hatte, wusste sie nicht. Anscheinend war das aber auch nicht ganz so wichtig, denn Thomas starrte erst seine Frau erstaunt an, dann fiel sein Blick auf den dünnen Ledergürtel in ihrer Hand.

Sie bemerkte seinen Blick und meinte beinahe entschuldigend: „Etwas anderes habe ich nicht." Mit einem Funkeln in den Augen fügte sie hinzu: „Noch nicht – denn wenn es mir gefallen sollte, könnte sich das schnell ändern!"

Jetzt verstand Thomas! Er beeilte sich rasch aufzustehen, verlor dabei aber etwas das Gleichgewicht und geriet ins Taumeln. Sofort herrschte ihn Heike an: „Stell dich doch nicht so ungeschickt an!"

Endlich stand er mit vor Aufregung zitternden Beinen vor seiner Frau. Viel Zeit zum Nachdenken blieb ihm nicht, denn schon ertönte das nächste Kommando: „Ausziehen, aber dalli!"

Diesmal kam Thomas der Anweisung ohne Zögern nach. Als er nach kürzester Zeit nackt vor seiner Frau stand, war er zwar wegen des nun Kommenden sehr aufgeregt, aber dennoch hatte er eine prachtvolle Erektion. Die konnte auch Heike beim besten Willen nicht übersehen und sofort spürte sie ihr pulsierendes Geschlecht. Ihr war klar, dass sie ihrer Lust jetzt noch keinen freien Lauf lassen konnte, weil sie sonst in den alten Trott zurückfallen würden. Sie hatte sich auf dem unerwartet aufgetauchten erotischen Neuland bereits sehr weit vorgewagt und wollte jetzt mit einer Umkehr das Erreichte nicht gefährden. Also hob sie ihren kurzen Rock an und befahl ihm: „ Los, lecken!"

Thomas wollte diesem Kommando schon nachkommen, als er plötzlich stutzte. Er hatte bemerkt, dass Heike unter dem Rock keinen Slip trug! Das tat sie sonst immer. ‚Bestimmt hat sie ihn ausgezogen, als sie den Gürtel geholt hat', schoss es ihm durch den Kopf. Nun wollte er sich an die ‚Arbeit' machen und atmete den Duft von frischem Muschisaft ein. Er schaute etwas genauer hin und glaubte zu erkennen, dass die Schamlippen etwas geschwollen waren, wie nach einem Geschlechtsakt. Und was war das, glitzerten dort nicht ein paar Tautropfen? Sollte seine Frau beim Lesen der Magazine etwa...

Weiter kam er nicht, denn schon war Heikes wütende Stimme zu vernehmen: „Warum trödelst du so rum? Los, an die Arbeit! Leck mich endlich, aber wehe, du besorgst es mir nicht ordentlich!"

Jetzt gab es für Thomas kein Halten mehr und er kam der Anweisung nach. Da er bei Heike schon in der Vergangenheit Oralsex praktiziert hatte, wusste er, wie er es seiner Frau gut besorgen konnte. Es dauerte daher nicht lange und Heike erlebte an diesem Nachmittag ihren dritten Orgasmus.

Nachdem sie sich von diesem Höhenflug wieder etwas erholt hatte, setzte sie das begonnene Spiel fort. Die kurze Verschnaufpause hatte sie auch dazu genutzt, sich die nächsten Schritte zu überlegen. Nur gut, dass sie etliche der Geschichten gelesen hatte, denn daraus zog sie jetzt ihre Inspiration: „Leg dich auf das Sofa, den Hintern über der Lehne drapiert!", ordnete sie an.

Thomas kam dieser Aufforderung nach, obwohl seine Erektion erstaunlicherweise noch weiter angewachsen war. Beim Hinlegen ergab sich daraus ein Problem, das er aber schließlich lösen konnte.

Kaum lag er in der vorgegebenen Position, als Heike den dünnen Ledergürtel schwang und vorsichtig auf sein Hinterteil klatschen ließ. Sie hatte verständlicherweise noch Hemmungen, ihren geliebten Mann zu schlagen. Als dieser reglos dalag, war sie um mehr Härte bemüht. Langsam fand sie in ihre Rolle hinein und wurde etwas mutiger. Das bekam auch Thomas zu spüren, denn die Schläge wurden ab dem fünften Hieb etwas härter.

„Bitte, Herrin, ruhig noch etwas härter", bettelte Thomas. Er wollte damit sein eigenes Faible ausleben, aber zugleich auch Heike eine Hilfestellung geben. Er spürte nämlich instinktiv, dass sie seine Hilfe benötigte, um den richtigen Härtegrad zu finden. Woher sollte sie auch wissen, wie streng sie sein durfte?

Heike erriet seine Absicht und nach einigen Minuten des Experimentierens hatten sie sich ohne lange Diskussionen oder vieler Worte auf die Schwere der Hiebe geeinigt. Der Rest war pure Freude am Neuen, gepaart mit etwas Unsicherheit und einigen Zweifeln hinsichtlich der Richtigkeit ihres Tuns.

Hieb auf Hieb landete auf seiner Kehrseite. Während er sich über der Sofalehne wand und dabei eine Mischung aus Schmerzlauten und wollüstigem Stöhnen von sich gab, keuchte Heike nach einiger Zeit vor Anstrengung und Lust. Schon nach kurzer Zeit leuchtete das Gesäß von Thomas in einem hübschen Rot, was seine Frau faszinierte. Hin und wieder strich sie sanft über das versohlte Hinterteil. Das Stöhnen ihres Mannes wurde dann heftiger. Heikes Arm war vom Ausholen mit dem Gürtel schließlich etwas lahm geworden, aber dafür pochte ihr Geschlecht schon wieder unmissverständlich und forderte Erlösung.

„Für heute mag es reichen", erklärte sie endlich, „aber bilde dir nur nicht ein, dass das schon deine Strafe für die Geheimniskrämerei war! Das war vielmehr nur die Testphase!"

„Du – würdest es wieder machen?", fragte er hoffnungsfroh.

„Ja, allerdings, aber jetzt hör auf zu reden und nimm mich!"

Sofort sprang Thomas vom Sofa auf und offenbarte die größte Erektion, die er jemals gehabt hatte. Sofort kniete sich Heike auf einen Sessel und bot sich ihrem Mann an. Dieser ließ sich nicht lange bitten und beglückte seine Frau mit einer bisher nicht bekannten Intensität. Da die vollkommen neue Situation beide so scharf wie Rasiermesser hatte werden lassen, dauerte es nicht lange, bis sie zeitgleich zum Höhepunkt kamen.

Nachdem er seine Lust in ihr verströmt hatte, dauerte es eine geraume Weile, bis sich beide wieder gefangen hatten. Heike war als erste wieder halbwegs bei Sinnen: „Los, auslecken! Schleck mein Lustloch schön sauber!"

Thomas fiel sofort auf die Knie und leckte voller Hingabe das Geschlecht seiner Frau. Er machte es so gründlich und geschickt, dass Heike dabei zwei weitere Orgasmen erlebte. Danach war sie vollkommen geschafft und einfach nur müde.

„Morgen werde ich dich dann für deine Heimlichtuerei bestrafen", verkündete sie und strahlte dabei ebenso glücklich und zufrieden wie ihr Thomas. „Gibt es sonst noch etwas, dass du mir verschwiegen hast?"

„Nein, das war alles. Aber erklär mir doch bitte mal, wie du die Hefte gefunden hast. Was wolltest du denn an dem Schrank?"

Heike erklärte ihm den Grund und beide mussten lachen.

„Wegen eines kleinen, unscheinbaren Dichtungsringes ist mein innerstes Geheimnis aufgeflogen", murmelte er und schüttelte ungläubig den Kopf.

„So kann es eben kommen", lachte Heike, „aber ohne diesen Zufall hätte ich wohl nie von deinem Geheimnis erfahren und uns wäre eine interessante erotische Variante entgangen."

„Es spricht dich also auch an?"

„O ja", lachte Heike, „allerdings sollte ich meine Arme mehr trainieren, damit ich dich bösen Ehemann richtig hart bestrafen kann!"

„So schlimm?"

„Morgen werde ich sicher Muskelkater haben, aber das ist egal, das war es wert", schwärmte sie und schloss genießerisch die Augen. Gleich darauf öffnete sie diese jedoch wieder und sah ihren Mann mit gespieltem Tadel streng an: „Lieg da nicht so faul herum, sondern verwöhn mich noch einmal mit deiner Zunge! Ich bin zwar schon total erledigt, aber diese Form der Massage habe ich mir heute redlich verdient!"

Sofort machte sich Thomas wieder an die Arbeit. Er spürte, dass sein lange gehegter Traum nun Wirklichkeit werden würde. Seine Sorge hinsichtlich der Reaktionen seiner Frau waren vollkommen unbegründet gewesen, aber wie hätte er das ahnen sollen? Nun ja, durch einen Zufall hatte er ein unverhofftes Coming Out seiner geheimsten Neigungen erleben müssen – und alles würde gut werden. Er konnte spüren, wie ein großer Ballast von seinem Herzen und auch von seiner Seele fiel.

Der vergessene Hochzeitstag

Endlich daheim! Die vergangene Woche hatte mir viel zusätzliche Arbeit beschert, von denen das meiste Terminsachen waren. Aber nun war endlich Wochenende und ich freute mich schon auf eine schöne Zeit mit meiner Frau Anja.

Nachdem ich meine Jacke an der Garderobe aufgehängt hatte, machte ich mich auf die Suche nach ihr, denn entgegen ihrer sonstigen Gewohnheit begrüßte sie mich nicht bereits im Flur. Im Wohnzimmer wurde ich fündig: Sie saß lässig in einem Sessel und hielt in der rechten Hand ein halb gefülltes Weinglas. Sie trug ein eng anliegendes rotes Top, das ihre pralle Oberweite hervorragend zur Geltung brachte. Ihre langen blonden Haare wurden von einem schwarzen Stirnband nur mühsam daran gehindert, in ihr Gesicht zu fallen. Ansonsten trug sie einen schwarzen, sehr kurzen Lederrock. Ihre Füße steckten in den hochhackigen Schuhen, die ich an ihr so mochte. Mir ist bei diesem Anblick sofort heiß geworden und meine Hormone reagierten. Allerdings bemerkte ich, wie die Finger ihrer freien Hand auf die Sessellehne trommelten. Das war ein schlechtes Zeichen, denn es signalisierte schlechte Laune.

„Hallo Schatz", begrüßte ich sie daher besonders zärtlich und bemühte mich um ein sehr freundliches Lächeln. Dann gab ich ihr einen Kuss, den sie sanft erwiderte. Diese Sanftheit trotz der trommelnden Finger irritierte mich. Was war los? Hatte ich etwas falsch gemacht? Rasch ging ich in Gedanken die letzten Tage durch, aber mir fiel nichts ein. Wahrscheinlich hatten meine vielen Überstunden Anjas Laune verdorben. Mit dieser für mich logischen Erklärung war klar, dass ich ihr gegenüber an diesem Wochenende besonders aufmerksam sein musste. Ich war davon überzeugt, dass mir das angesichts ihres überaus reizvollen Outfits trotz meiner Erschöpfung nicht schwerfallen würde.

Bevor ich allerdings noch etwas sagen konnte, hatte mich Anja an die Hand genommen und zum Wohnzimmertisch geführt. Erst jetzt bemerkte ich, dass er liebevoll gedeckt und zudem noch geschmückt war. Auf meine Frage, warum denn alles so festlich hergerichtet sei, antwortete sie nur mit einem „Mir war heute so danach". Dann drückte mich Anja sanft auf einen Stuhl und wir genossen den Kaffee und den Kuchen von unserem Lieblingsbäcker. Nebenbei erzählte ich ihr von meiner Arbeit und davon, wie sehr ich mich auf das Wochenende mit ihr freuen würde.

Während sie das Kaffeegeschirr abräumte, widmete ich mich wie immer erstmal der Zeitung. Nach knapp zehn Minuten trat jedoch Anja vor mich hin und fragte mit strenger Stimme: „Also, was ist nun?"

Ihre Frage verwirrte mich, denn ich hatte keine Ahnung, wovon sie sprach. Dass sie heute nicht Geburtstag hatte, hatte ich schon im Kopf überschlagen.

„Du weißt es nicht?", keifte sie auf meine Nachfrage los, „Soll das heißen, dass du es tatsächlich vergessen hast?"

„Vergessen?", stotterte ich, „Was soll ich denn vergessen haben?"

„Na, was wohl!?! Denk mal scharf nach! Vielleicht hilft dir auch ein Blick auf den Kalender!"

Ihrem Hinweis folgend warf ich einen Blick auf den Wandkalender im Flur. Nach kurzem Überlegen verstand ich plötzlich und es überlief mich siedendheiß: Heute war unser Hochzeitstag! Vor lauter Arbeit hatte ich nicht nur diesen Tag, der jeder Ehefrau viel bedeutet, sondern zudem auch noch den Kauf eines Geschenkes vergessen, sodass ich nun mit leeren Händen dastand. Verdammt, das hätte nicht passieren dürfen!

„Hör zu", stammelte ich verlegen, „Das tut mir wahnsinnig leid, aber du weißt ja, die viele Arbeit hat mich ganz schön fertig gemacht. Deshalb bin ich mit dem Kalender etwas durcheinander gekommen", log ich dann und merkte noch beim Sprechen, wie ich rot wurde. Trotzdem machte ich weiter, denn jetzt hatte ich mich schon zu tief in den Schlamassel geritten: „In dem ganzen Kuddelmuddel muss mir unser Hochzeitstag durchgerutscht sein, und nun habe ich ihn wohl übersehen. Tut mir wahnsinnig leid, ehrlich! Gleich morgen werde ich ein schönes Geschenk kaufen und am Sonntag gehen wir richtig schön essen. Einverstanden?"

Hoffnungsfroh blickte ich zu ihr hoch. Was ich sah, beunruhigte mich, denn trotz ihres Lächelns war ihre Stirn von Gewitterwolken umgeben.

„Du hast also tatsächlich unseren Hochzeitstag vergessen? Weil dich die Arbeit so sehr beansprucht hat?", äffte sie mich auch schon mit verächtlicher Stimme nach. „Weißt du was? Jetzt werde i c h dich fertig machen und zwar so gründlich, dass du im nächsten Jahr garantiert an diesen besonderen Tag denken wirst."

„Was meinst du?", fragte ich zaghaft, obwohl ich bereits ahnte, worauf sie hinauswollte.

„Erinnerst du armer, überarbeiteter Mann", wieder troff ihre Stimme vor Sarkasmus über, „dich denn noch daran, was wir uns beim Eheschluss versprochen haben?"

Ich wusste, was nun kommen würde. Tatsächlich hatten wir uns eingedenk der strengen Erziehung durch unsere jeweiligen Eltern bei der Eheschließung versprochen, uns bei Fehlverhalten ebenfalls gegenseitig zu bestrafen. In der Vergangenheit hatte der Rohrstock schon so manchen Tanz auf meinem Gesäß aufgeführt, während ich den Po von Anja ein ums andere Mal mit dem Lederriemen verdroschen habe. Ihre letzte Wucht lag gerade zwei Wochen zurück: Weil sie während ihrer Woche der ‚Frauensache' allzu launisch gewesen war und sich mir gegenüber mehr als nur einmal im Ton vergriffen hatte, war mir schließlich der Geduldsfaden gerissen. Also hatte ich sie kurzerhand zur Rede gestellt und sie musste sich nackt über die Sofalehne legen. Danach habe ich ihr mit dem schon erwähnten Ledergürtel ausgiebig gutes Benehmen eingebläut. Der anschließende Versöhnungssex war großartig, auch wenn Anja nicht ganz glücklich darüber war, mir wegen der ‚Frauensache' als Ersatz für ihre Muschi den von den Hieben knallrot leuchtenden Hintern hinhalten zu müssen.

Mir war daher sofort klar, dass für Anja der vergessene Hochzeitstag viel schlimmer als ihre Zickigkeit war und ich deshalb ganz schön würde leiden müssen. Als hätte sie meine Gedanken erraten, meinte sie: „Für deine Vergesslichkeit bei einem so wichtigen Punkt hast du eine gehörige Tracht Prügel verdient! In fünf Minuten will ich dich nackt mit dem Rohrstock in der Hand vor mir sehen! Also ab mit dir!"

Natürlich hätte ich Anja einen Vogel zeigen und mich weigern können, aber dann wäre unsere Abmachung hinfällig gewesen. Das wollte trotz der bei einer Bestrafung erlittenen Schmerzen keiner von uns, denn irgendwie stimulierte uns eine Tracht Prügel auch immer. Da wir uns zudem nur bei echten Vergehen auf das Recht zur Bestrafung beriefen und jede Strafe damit unserer positiven Entwicklung diente, unterwarf ich mich auch diesmal und tat, was sie von mir verlangte. In weniger als fünf Minuten stand ich nackt vor ihr und reichte ihr mit ausgestreckten Armen den Rohrstock. Anja nahm mir den gelben Onkel sofort ab und bog ihn etwas durch.

„Was glotzt du mich so unverschämt an, du verdammter Mistkerl?", schnauzte sie mich an. Tatsächlich hatte ich bei der Übergabe des Rohrstocks meinen Blick nicht demütig gesenkt, sondern auf ihre Brüste gestarrt. Die dadurch ausgelöste Erektion kommentierte sie mit den bissigen Worten: „Die Aussicht auf eine ordentliche Wucht macht dich wohl geil, was? Hast du unseren Hochzeitstag etwa absichtlich vergessen, damit ich dich durchprügele und du so richtig scharf wirst?"

„N-Nein", beeilte ich mich zu sagen, „Ich...Es...Also...deine Brüste haben mich wieder fasziniert", stammelte ich als Erklärung.

„So, so, meine Brüste faszinieren dich also", höhnte Anja und mir schien, dass meine ehrliche Schmeichelei ihre Laune eher verschlechtert als gebessert hatte.

Danach bekam ich einen Vortrag zu hören, in dem sich Anja dagegen verwahrte, von mir als Sexobjekt angesehen zu werden. Meine anfangs aufkeimenden Erklärungsversuche, dass sie für mich kein Sexobjekt sei und das Anstarren ihrer Brüste von mir nicht so gemeint war, brachte sie erst recht in Rage: „Du Wicht findest mich nicht attraktiv?", schrie sie jetzt, und ehe ich mich versah, ging ein Hagel von Ohrfeigen auf mich nieder.

„Doch, doch, du bist sogar verdammt attraktiv!", rief ich, während mein Kopf unter der Wucht der Ohrfeigen nach links und rechts flog und ich schließlich meine Arme schützend vor das Gesicht hielt, was nach unseren Regeln eigentlich verboten war.

„Nimm sofort deine verdammten Arme vom Gesicht, du Scheißkerl, und lass sie unten!", verlangte Anja auch schon mit drohender Stimme. Dann fuhr sie fort: „Du findest mich also attraktiv, aber nicht sexy?" Wieder bekam ich einen Satz Ohrfeigen und beeilte mich, ihr zu versichern, was für eine scharfe Braut sie doch sei.

„Also bin ich für dich doch nur ein Sexspielzeug!", rief sie außer sich vor Wut. Ich wusste, dass ich bei diesem Verhör nur falsche Antworten geben konnte. Also ließ ich die Ohrfeigen einfach über mich ergehen, was mir allerdings meine ganze Selbstbeherrschung abverlangte.

So ging das Verhör eine ganze Weile weiter, aber endlich hatte sich Anja insoweit beruhigt. Damit war die Zeit der Bestrafung für mich aber noch nicht vorbei, denn nun hielt sie mir eine geharnischte Strafpredigt über die Bedeutung des Hochzeitstages im Allgemeinen und für sie im Besonderen. Zwischendurch ließ sie den Rohrstock immer wieder durch die Luft sausen, was mich jedes Mal zusammenzucken ließ. Dann umspielte ein süffisantes Lächeln ihre Lippen. Offensichtlich kostete sie meine zunehmende Nervosität aus, die von meinen heiß glühenden Ohren und roten Wangen noch verstärkt wurde. Da sie meine Blicke auf ihre Brüste und ihren Hintern sonst immer sehr wohlwollend aufnahm, war der Ohrfeigenhagel wegen eines kleinen Blickes auf ihre, zudem noch bekleideten, Titten für mich alles andere als beruhigend. Tatsächlich wünschte ich mir mit zunehmender Dauer der Strafpredigt nichts sehnlicher, als dass sie endlich mit der Züchtigung beginnen möge. Ich wollte es nur noch hinter mich bringen. Aber den Gefallen tat mir Anja nicht, offenbar hatte sie meine Gedanken erraten. Minute um Minute schimpfte sie mit mir, wobei ihre Worte wieder von einzelnen Ohrfeigen begleitet wurden.

Endlich aber hatte sie keine Lust mehr zum Schimpfen. Nach einem barschen „Über den Sessel mit dir!" beugte ich mich über die Rückenlehne, während meine Hände die Sesselbeine fest umklammerten. Ich hoffte, auf diese Weise ein Aufspringen verhindern zu können. Würde mir das nämlich nicht gelingen, wäre es in Anjas Ermessen gestellt, von vorne zu beginnen oder ,nur' eine Zusatzstrafe zu verhängen.

Mir blieb aber keine Zeit für lange Gedankengänge, denn kaum hatte ich meine Strafposition eingenommen, als auch schon das hässliche Pfeifen des Rohrstocks ertönte, gefolgt von einem klatschenden Geräusch beim Auftreffen auf meine Erziehungsfläche.

HUUIITT – KLATSCH!

Der sich rasch ausbreitende Schmerz war immens. Tief sog ich die Luft ein, um den aufsteigenden Schmerzensschrei zu unterdrücken. Dennoch zeigte mein heftig wedelnder Po Anja sehr deutlich, dass ihr Hieb seine Wirkung nicht verfehlt hatte. Noch bevor ich mich von dem ersten Schlag erholt hatte, sauste auch schon der nächste nieder, dem kurz danach der dritte Hieb folgte. Nun war es mir unmöglich, weiter ruhig zu bleiben, und so stöhnte ich deutlich vernehmbar. Anja ließ sich davon nicht beirren und verabreichte mir weiter Hieb auf Hieb, während die Lautstärke meiner Schmerzenslaute mehr und mehr zunahm. Weil die Schläge rasch hintereinander fielen, traf mein Schmerzensschrei für den bereits erhaltenen Hieb fast mit dem von dem jeweils nächsten Schlag zusammen, sodass ich ununterbrochen am Jaulen war. Gleichzeitig wackelte mein Hintern vor lauter Schmerzen wie wild durch die

Gegend, und weil Anja nicht abwartete, bis ich den erhaltenen Hieb verdaut und mich wieder beruhigt hatte, konnte sie wegen meines Gezappels nicht immer die blanken Pobacken treffen. Daher wurden auch gelegentlich die Oberschenkel von hinten und auch seitlich getroffen, was natürlich besonders schmerzhaft war. Dementsprechend entwickelte sich daher mein ‚Gesang' zu wildem Geschrei, und es gelang mir nur sehr, sehr mühsam, in der vorgeschriebenen Strafposition zu bleiben. Zum Glück waren unsere Fenster und Wände bestens isoliert, sodass die Nachbarn nach unserer Einschätzung in der ganzen Zeit nichts von diesen und ähnlichen Ereignissen mitbekommen hatten

Nach einer gefühlten Ewigkeit hörten die Hiebe auf. Weil mein Hinterteil aber inzwischen wie ein wildes Feuer brannte, merkte ich davon zunächst nichts und wartete auf den nächsten Hieb. Währenddessen wackelte ich wie ein Wilder mit dem Po in der vergeblichen Hoffnung, durch den Luftzug etwas Linderung zu erfahren.

Endlich merkte ich, dass Anja spöttisch grinsend neben mir stand. In der Erwartung, es überstanden zu haben, löste ich meine Hände mit den vor Anstrengung weiß angelaufenen Handgelenken von den Sesselbeinen und wollte gerade aufstehen, als mich Anjas energische Stimme davon abhielt: „Stopp! Du glaubst doch nicht im Ernst, dass du so billig davonkommen wirst!? Das war nur das Vorspiel, die eigentliche Strafe kommt noch!"

„Bitte, Anja", bettelte ich, „lass es gut sein! Ich halte keine Hiebe mehr aus!"

„Das wirst du aber müssen! Ich will deinem Arsch noch fünfundzwanzig kräftige Hiebe verpassen und dann darfst du mir für sechs Hiebe deine Schenkel hinhalten. Das ist nicht zu wenig für das Vergessen unseres Hochzeitstages!"

Bei diesen Worten grinste sie mich höhnisch an, denn sie wusste, wie sehr ich die Schenkelhiebe hasste. Also versuchte ich, meine Frau mit weiteren Bitten von der Fortsetzung der Bestrafung abzuhalten oder mir zumindest die Hiebe auf die Schenkel zu erlassen. Aber sie blieb hart. Immerhin verschaffte mir unser Gespräch die Zeit, die bereits erhaltenen Hiebe zu verarbeiten und mich wieder etwas zu beruhigen. Anja hatte das natürlich bemerkt: „Da du dich nun wieder beruhigt hast", begann sie, „können wir ja mit deiner Bestrafung weitermachen. Also Maul gehalten und den Arsch rausgestreckt, aber dalli!"

Da ich einsah, dass ich diesen für Anja so wichtigen Tag wirklich nicht hätte vergessen dürfen, blieb ich mit einer gehörigen Beklemmung in der vorgegebenen Strafposition liegen. Meine immer noch weiß schimmernden Handgelenke umklammerten erneut die Sesselbeine. Dann atmete ich tief durch – und schon ging es los!

HUUIITT – KLATSCH!

Der Hieb musste mehrere bereits vorhandene Striemen ge-
kreuzt haben, denn der Schmerz raubte mir die Luft! Noch
bevor ich mir mit einem Schrei Luft machen konnte, erklang
wieder der Schmerz verheißende Pfeifton des Rohrstocks.

HUUIITT – KLATSCH!

Erneut fräste er sich in meine schon arg verstriemte Erziehungsfläche. Immerhin nahm ich diesmal Anjas Stimme wahr,
die ungerührt „Zwei!" sagte. Offensichtlich zählte sie die Hiebe
mit, wofür ich ihr sehr dankbar war. Die heftige ‚Einleitung', die
nach unserer späteren Schätzung zwischen fünfundzwanzig
und dreißig Hiebe umfasst hatte, hatte mich aller Konzentration beraubt, sodass ich mich bei der eigentlichen Züchtigung
mit Sicherheit mehr als einmal verzählt hätte. Die Folge wäre
dann jeweils ein Neubeginn der Bestrafung oder eine Zusatzstrafe von jeweils drei Hieben gewesen, was für mich also
noch viel schmerzhafter geworden wäre. Indem sie selber
zählte, erleichterte sie mir dankenswerterweise die Strafe.
Noch während mir diese Gedanken durch den Kopf gingen
und ich Anja in Gedanken für diesen Gnadenakt inbrünstig
dankte, traf mich schon der nächste Hieb und ließ mich erneut
laut aufjaulen. Diesmal wartete meine Frau aber, bis ich mich
wieder beruhigt hatte und halbwegs still über dem Sessel lag.
Erst dann setzte es den nächsten Hieb.
Auf diese Weise ging es weiter, bis Anja mir alle fünfundzwanzig Hiebe auf den Po aufgezählt hatte. Dann durfte ich mich

endlich aufrichten und sie lächelte mich freundlich an: „Das hättest du überstanden."

„Ja", stöhnte ich, „aber es tut verdammt weh. Mein ganzer Hintern scheint zu verbrennen. Ich werde gleich mal ins Bad gehen, vielleicht hilft eine Abkühlung mit kaltem Wasser."

„Nicht so schnell, Freundchen!" Anja versperrte mir den Weg und legte eine Hand auf meine Brust als deutliches Stop-Zeichen.

„Du hast noch nicht die ganze Strafe verbüßt! Bevor du das nicht getan hast, gehst du nirgendwo hin!"

„Was-Was meinst du?"

„Es fehlen noch die sechs Hiebe quer über deine Schenkel, schon vergessen? Also stell dich mit dem Rücken zum Sessel und präsentier mir deine nackten Oberschenkel."

„O nein, nicht das, bitte, bitte nicht!", bettelte ich, und es musste ziemlich verzweifelt geklungen haben, denn Anjas Lächeln wurde breiter und spöttischer. „Verpass mir noch sechs Hiebe auf den Hintern, aber bitte nicht auf die Schenkel!"

„Keine Chance, mein Lieber!", entgegnete sie barsch, „Also hör auf zu Jammern und stell dich hin, damit ich dich richtig schön treffen kann."

„Aber...das-das ist doch gefährlich, du könntest mich schwer verletzen!" Dabei deutete ich auf meine Hoden.

„Nur wenn du nicht still stehst", erwiderte Anja ungerührt. „und wenn du Angst hast, dass ich versehentlich deine Kronjuwelen treffe, musst du sie eben mit deinen Händen schützen." Ihre

Miene wurde ernst: „Ich zähle bis drei, dann will ich, dass du bereit bist!"

Ich starrte sie an. Sie meinte es todernst. Der vergessene Hochzeitstag musste sie wirklich sehr hart getroffen haben! In diesem Zustand ließ sie nicht mit sich reden, das wusste ich bereits von vorhergehenden ähnlichen Gelegenheiten, aber so unbarmherzig wie heute hatte ich sie noch nie erlebt.

Als sie mit dem Zählen bei Zwei angekommen war, stellte ich mich rasch so vor den Sessel, dass sie mit dem Rohrstock problemlos meine Schenkel treffen konnte, bedeckte mein Glied und meinen Juwelensack mit beiden Händen und schloss die Augen. Es dauerte nicht lange, und das mir bestens bekannte Pfeifen ertönte. Dem Aufprall folgten Schmerzen, die mich die Augen aufreißen und einen wilden Tanz vor dem Sessel aufführen ließen, bei dem ich wie ein Wilder mit beiden Händen meine Schenkel rieb, über denen sich eine rote Strieme gelegt hatte, deren Farbe intensiver leuchtete als die der Treffer auf meinem Gesäß.

„Au, verdammt, das brennt!" heulte ich. Flehend blickte ich zu Anja hinüber, die scheinbar ungerührt daneben stand.

„Du hast es verdient", war ihr knapper Kommentar. „also los, stell dich wieder hin!"

Es bedurfte einer großen Willensanstrengung von mir, ihr erneut meine Schenkel hinzuhalten. Dennoch tat ich es, wenn auch sehr, sehr zögerlich und mit merklichem Zittern. Wieder schloss ich die Augen und die vorhergehende Szene wiederholte sich.

HUUIITT – KLATSCH!

Der neue Treffer sorgte für eine Strieme, die parallel neben der vom ersten Hieb lag. Meine Schmerzenslaute und der dazugehörige Tanz wurden diesmal von Tränen begleitet, die ich einfach nicht mehr zurückhalten konnte. Wie ein Sturzbach schossen sie aus meinen Augen. Als Anja schließlich mit unwirscher Miene eine auffordernde Geste machte, war ich drauf und dran, mich der Fortsetzung meiner Bestrafung zu verweigern. Andererseits wurde mir in einem kurzen lichten Moment klar, dass ich damit meine Ehe in eine ernsthafte Krise stürzen würde, denn der Hochzeitstag bedeutete Anja offensichtlich sehr viel. Ich hatte ihn vergessen und war selber schuld an der Bestrafung, die ja letztlich aus einer gemeinsam getroffenen Abmachung resultierte. Wenn ich jetzt die Fortsetzung meiner Bestrafung verweigern würde, würde danach wohl nichts mehr so sein wie vorher. Und was war denn schon eine, wenn auch sehr harte, Züchtigung gegenüber dem Gefühl der Erleichterung, es überstanden zu haben? Gegenüber dem Stolz, es tapfer ertragen zu haben, auch wenn mein Verhalten während der Bestrafung sicher nicht sehr tapfer und männlich wirkte? Gegenüber dem Gefühl, für ein Fehlverhalten gebüßt zu haben? Und natürlich gegenüber der Lust, die bei der Versöhnung nach einer erfolgter Bestrafung deutlich ausgeprägter als nach Sex ohne Hieben war?

All das ging mir durch den Kopf. Anja wurde schon ungeduldig, was ich ihr deutlich ansehen konnte. Nein, ich wollte das nicht riskieren, nicht wegen vier Hieben auf die Schenkel, schon gar nicht so kurz vor dem Ende meiner Züchtigung. Also lächelte ich meiner Frau zu, und obwohl ich angesichts meines Zustandes wohl nur eine Grimasse zustande brachte, schien sie zu verstehen. Gehorsam stellte ich mich wieder in Positur. Gleich darauf peitschte der Rohrstock ein weiteres Mal meine Schenkel. Wieder begann das Spiel von Schreien, Jammern, Heulen und Herumhopsen, aber am Ende hatte ich mich wieder soweit beruhigt, dass ich die Fortsetzung empfangen konnte.

Die kam auch umgehend, aber schließlich war auch der letzte Hieb aufgezählt und mein für heute letzter Schmerzenstanz beendet. Anja ließ mich noch eine Zeit in der Ecke knien, damit ich über mein Fehlverhalten nachdenken konnte. Daneben wollte sie mir aber auch Gelegenheit geben, die Schmerzen zu verdauen. Die Tatsache, dass ich knien durfte und nicht wie sonst stehen musste, war ebenfalls ein Gnadenakt von ihr: Sie hatte erkannt, dass sich meine Beine wie Wackelpudding anfühlten und mich nicht getragen hätten. Nachdem ich einige Zeit in der Ecke zugebracht und mich von der Bestrafung erholt hatte, wiederholten wir unsere Hochzeitsnacht, allerdings mit dem Unterschied, dass ich diesmal wegen meines striemenübersäten Hinterteils oben liegen durfte. Angesichts meiner gestriemten Schenkel war aber auch das nicht frei von Schmerzen.

Übrigens: Im darauffolgenden Jahr habe ich den Hochzeitstag nicht vergessen. Aber das brauche ich sicher nicht zu er-
wähnen, oder?

Folgenreiche Blicke

Die Autobahn zog sich zu dieser morgendlichen Stunde still und verlassen durch die Landschaft. Kein Wunder, denn schließlich war es Sonntagmorgen gegen 9 Uhr, und die meisten Menschen nutzten das zum Ausschlafen und einem ausgiebigen Frühstück im Kreise der Familie. Thomas und Gisa hätten um diese Zeit auch gerne daheim in ihren Betten gelegen, aber stattdessen befanden sie sich auf der Autobahn und waren noch weit von ihrem Wohnort entfernt. So sehr sie sich auch über die Einladung zur Hochzeit von ihren langjährigen Freunden Manfred und Diana gefreut hatten, war seit dem beruflich bedingten Umzug der beiden vom Norden in den tiefen Süden die Entfernung zwischen den beiden Paaren sehr groß geworden. Trotzdem war es für Thomas und Gisa selbstverständlich, die Einladung zur Hochzeitsfeier anzunehmen, und so waren sie rechtzeitig losgefahren. Zur standesamtlichen Trauung hatten sie es wegen eines langen Staus gerade noch geschafft, und die kirchliche Zeremonie am Samstag sowie die anschließende große Feier hatten sie in vollen Zügen genossen. Nach einer weiteren Übernachtung in einem kleinen Gasthof waren sie am heutigen Sonntag zeitig aufgebrochen, um dem größten Verkehr auf der Autobahn zu entgehen und früh daheim anzukommen.

Trotz der wundervollen Feier und dem reichhaltigen, leckeren Essen war Gisa im Laufe des Samstagabend gegenüber Thomas irgendwie komisch geworden: Ihre Blicke waren von zärtlich-liebevoll zu prüfend geworden, bis sie schließlich geradezu missbilligend gewesen waren. Er hatte das sehr wohl registriert, aber dank der guten Musik, den vielen Gesprächen mit meist unbekannten Leuten sowie der reichhaltigen Getränkeauswahl hatte er sich nicht weiter darum gekümmert. Beim heutigen Frühstück schien Gisa wieder gut aufgelegt zu sein, aber kaum saßen sie im Auto, hatte sich ihr Blick sofort wieder verfinstert. Zuerst hatte Thomas geglaubt, dass das daran liege, dass sie die erste Hälfte fahren sollte, während er nach der Hälfte der Strecke übernehmen würde. Andererseits, so sagte er sich, hatten sie es auf der Hinfahrt umgekehrt gemacht, was für die beiden übliche Praxis war. Da ihm also kein plausibler Grund einfiel, beschloss Thomas, einfach die nächsten Stunden abzuwarten. Für gewöhnlich brach Gisa nach einiger Zeit ihr Schweigen und erläuterte den Grund für ihren Unmut. Meistens hatte sie mit ihren Beschwerden sogar Recht. Thomas zog es dann vor, seine Schuld einzugestehen und die von Gisa festgelegte Strafe zu verbüßen anstatt zu lamentieren und für eine Strafmilderung zu werben. Ja, Thomas stand ‚unter dem Pantoffel', aber genau das gefiel ihm, denn von seinem Naturell her war er der eher bedächtige Typ, der immer einen Ansporn brauchte – und was war dafür besser geeignet als ein sorgfältig ausgewähltes Strafinstrument! Es machte ihm auch nichts aus, von seiner Frau gezüchtigt zu werden, denn Thomas liebte schon seit seiner Jugend die Hitze und die Lustgefühle, die sich nach dem Abklingen der Schmerzen wie große Flutwellen in seinem Körper ausbreiteten. Die anschließende Versöhnung mit seiner Frau wurde dadurch zur puren Ekstase.

Auch heute schien wieder eine Abreibung in der Luft zu liegen. Angesichts des verbissenen Gesichtsausdrucks, mit dem Gisa hinter dem Steuer saß, begann sich Thomas Sorgen wegen der Fahrsicherheit seiner Frau zu machen – nahm sie die Autobahn überhaupt wahr? Ein verstohlener Blick auf den Tacho zeigte 140 Km/h an, und das war gemessen an Gisas normaler Fahrweise eindeutig zu schnell.

Nach kurzem Nachdenken entschloss er sich zu handeln: „Du-hu, Scha-hatz", begann er vorsichtig mit sanfter Stimme, „das ist doch toll, dass die beiden endlich in den Hafen der Ehe eingelaufen sind, oder? Und eine supertolle Hochzeitsfeier haben sie auch gehabt, findest du nicht auch?"

Von Gisa kam nur ein genervtes Schnauben, das einem wütenden Stier alle Ehre gemacht hätte.

Angesichts dieser Reaktion wurde Thomas nun etwas mulmig zumute. Rasch ging er in Gedanken das gesamte Wochenende durch, konnte aber kein Fehlverhalten bei sich entdecken. Was auch immer Gisa übel aufgestoßen war, konnte demnach nichts mit ihm zu tun haben. Mit dieser Erkenntnis wagte er sich weiter vor: „Alles in Ordnung, Schatz? Du wirkst so..., nun ja, so - gestresst."

Im nächsten Augenblick wurde Thomas von einer gewaltigen Kraft in Richtung Windschutzscheibe geworfen und nur der Gurt verhinderte einen schmerzhaften Zusammenstoß mit der Scheibe. Gisa hatte mitten auf der zum Glück leeren Autobahn eine Vollbremsung hingelegt. Ihr jetzt zornrotes Gesicht fixierte Thomas mit vor Wut flackernden Augen.

„Du fragst tatsächlich, ob mit mir alles in Ordnung ist? Du verdammter Scheißkerl, natürlich nicht! So, wie du dich benommen hast, musste mir ja der Spaß an der Feier vergehen."

„Schatz, wir stehen..."

„Halts Maul, du elender Wichser! Dass dir die Feier gefallen hat ist ja klar, bei den vielen Weibern mit ihren tief ausgeschnittenen Kleidern! In jedes einzelne hast du reingeglotzt und dabei ordentlich gesabbert!"

„Ich...Nein, ich habe nicht auf die Titten der Weiber gestarrt! Aber wir stehen mitten auf..."

„Und ob du die Titten angestarrt hast! Total lüstern! Hätte nur noch gefehlt, dass du sie angefasst hättest!"

„Nein, Schatz, ich..."

Aber Gisa war jetzt richtig in Fahrt: „Kein Wunder, das sich kaum jemand zu uns gesellt hat, denn wer lässt sich oder seine Frau schon gerne von so einem Wicht wie dir anstarren!"

„Aber...Äh, die Autobahn..."

„Und wenn es keine Titten zum Anstarren gegeben hat, hast du den Schlampen auf ihre Ärsche gestarrt, die besser zu Brauereipferden gepasst hätten!"

Während Gisa eine Schimpfsalve nach der anderen abfeuerte, versank Thomas immer tiefer in seinem Sitz. Dass er so schlimm und dann auch noch vor Gisas scharfen Augen die erotischen Zonen der weiblichen Gäste angestarrt hatte, war ihm nicht bewusst gewesen. Zum peinlich berührt sein hatte er jetzt jedoch nicht die Nerven, denn ängstlich behielt er mit dem Kosmetikspiegel die Autobahn hinter ihnen im Auge, denn trotz des Wochenendfahrverbotes für Lastwagen wusste er, dass viele von ihnen mit einer Sondergenehmigung unterwegs waren. Wenn Gisa doch wenigstens auf den Seitenstreifen fahren würde! Aber im Augenblick kam er nicht an sie heran, zu sehr war sie noch mit ihrer Schimpfkanonade beschäftigt.

Endlich, nach einer für Thomas gefühlten Ewigkeit, beruhigte sich seine Frau langsam. Sie startete den zwischenzeitlich abgewürgten Motor und endlich, endlich setzte sich der Wagen wieder in Bewegung. Thomas atmete erstmal tief durch. Nicht auszudenken, wenn Gisa diese Vollbremsung bei normalem Verkehrsaufkommen hingelegt hätte! Das hätte in einer Massenkarambolage geendet!

Nachdem sich Thomas von seiner Angst etwas erholt hatte, war er für eine Aussprache mit Gisa bereit. Aus Erfahrung wusste er, dass er bei einem von seiner Frau einmal festgestellten Vergehen nicht mit einem Freispruch rechnen konnte, lediglich eine Strafmilderung war möglich. Und genau die wollte er nun erreichen. Nicht nur im Hinblick auf das seinem Gesäß drohenden Ungemach, sondern auch wegen der Sicherheit auf dem restlichen Heimweg, denn noch immer starrte Gisa finster aus dem Fenster. Thomas war sich nicht sicher, ob sie wirklich genug Konzentration für das Fahren aufbrachte.

„Schatz, ich...ich habe vielleicht das eine oder andere Mal auf irgendwelche Titten gestarrt, das gebe ich ja zu, aber nicht auf alle! Und zu bedeuten hatte es auch nichts! Das musst du mir bitte glauben! Außerdem ist das doch irgendwie normal, ich meine, ich bin jung, gesund, da machen Männer so etwas."

„Arschloch!"

„Nein, ehrlich! Ich habe auch nur deshalb geguckt, weil die Dinger von den Weibern in keiner Weise mit deinen Bällen mithalten können!"

„Du hast meine Titten mit den Möpsen dieser Schlampen verglichen?"

„Äh...die Dinger von den Weibern waren irgendwie so... so komisch, da musste ich einfach hinschauen, so unattraktiv wie die waren."

„Du erwartest im Ernst von mir, dass ich diesen Scheiß glaube?"

„Das... das ist kein Scheiß, sondern die Wahrheit!" Normalerweise setzte Thomas an solchen Stellen einen treuherzigen Dackelblick auf, aber da sich seine Frau doch zumindest teilweise auf die Straßenführung zu konzentrieren schien, bemerkte sie seinen Blick nicht. Stattdessen bohrte sie weiter: „Und die Ärsche?"

Thomas war verblüfft: „Was denn für Ärsche?"

„Du hast den Schlampen dermaßen auf ihre Pferdeärsche gestarrt, dass deine Augen daran zu kleben schienen!"

„Äh...ja...äh...das, also das war wegen der unförmigen Hintern – ich habe in Gedanken immer an deinen klasse Po gedacht und die anderen Frauen wegen ihrer Schwabbelärsche bedauert. Und mir dazu gratuliert, eine Rassestute wie dich abbekommen zu haben. Du bist für mich die Allerbeste, aber das weißt du ja, gell!?!"

Das knappe „Nein!" kam so schnell und unmissverständlich, dass Thomas mehrere Augenblicke brauchte, bis er die Bedeutung dieses Wortes erfasste. Endlich hatte er sich aber davon erholt: „Aber...aber das musst du doch wissen! Du bist in allen Bereichen viel besser als die anderen Frauen!"

„Beweis es!"

Mit offenem Mund starrte er seine Frau an. In seinem Kopf überschlugen sich die Gedanken, aber etwas Brauchbares war nicht darunter. „Wie denn?", fragte er deshalb vorsichtig.

„Das werde ich dir gleich erklären. Und wehe, du versagst!"

Das verhieß nichts Gutes! Aus Erfahrung wusste Thomas, dass er immer eine besonders strenge Wucht bezogen hatte, wenn Gisa diese Worte benutzt hatte

Schweigen breitete sich im Wagen aus. Minutenlang glitten sie still über die Autobahn dahin. Dann tauchte ein Schild auf, das einen Parkplatz ankündigte. An einer Autobahn waren solche Schilder nichts Ungewöhnliches, aber zu Thomas Überraschung steuerte Gisa den Parkplatz an. Einen Rastplatz hätte er wegen der dortigen Toiletten ja verstanden, aber das hier? Nachdem Gisa geparkt hatte, schwang sie sich behände aus dem Wagen, nicht ohne ihrem Mann zuvor ein energisches „Mitkommen!" zugezischt zu haben.

Verwirrt stieg auch Thomas aus und folgte seiner Frau, die nach einem kurzen Blick in die Runde zielstrebig einen kleinen Weg, der in den angrenzenden Wald führte, ansteuerte.

Nachdem sie knapp fünfzig Meter gegangen waren, wandte sich Gisa an den hinter ihr trottenden Thomas: „So, und nun noch mal ganz von vorne!"

Bevor er innerlich aufstöhnen konnte, fuhr sie bereits fort: „Du behauptest, dass ich allen anderen Frauen überlegen sei? Dass ich besser sei? Schöner? Attraktiver?"

Bei jeder Aufzählung nickte Thomas heftig mit dem Kopf und murmelte ein immer lauter werdendes „Ja", oder „Genau!"

Jäh verstummte Gisa und starrte ihn an. Sie musterte ihn von oben bis unten, und Thomas fühlte sich plötzlich nicht sehr wohl in seiner Haut.

Schließlich lächelte ihn Gisa mit falscher Freundlichkeit an: „Na, schön, dann beweis mir die Ehrlichkeit deiner Worte! Wir werden jetzt einen kleinen Spaziergang in diesem Wäldchen machen. Ich will, dass du mich dabei zehn Minuten ausgiebig lobst und WEHE! du schaffst das nicht oder lässt zu viele Pausen zwischen den einzelnen Punkten! Ich will ausführlich hören, warum ich in deinen Augen die Beste bin!"

Thomas schluckte zunächst, aber dann hellte sich seine Miene auf. DAS musste doch zu schaffen sein, und zwar ziemlich locker. Deshalb willigte er sofort ein, und während sie nebeneinanderher schritten, begann Thomas seine Lobeshymne auf Gisa zu singen. Er begann mit anerkennenden Worten für alle Attribute ihres Aussehens, gefolgt von Ruhmesliedern auf ihr soziales Verhalten und ihr Engagement. Nachdem er auch ihre Charakterzüge in höchsten Tönen gelobt hatte, endete er und schaute sie Beifall heischend an.

„Bist du schon fertig?", fragte sie mit übertriebener Freundlichkeit. Als er sie verständnislos anstarrte, fügte sie hinzu: „Das waren erst drei Minuten!"

Jetzt entgleisten seine Gesichtszüge: Es waren erst drei Minuten verstrichen? Ihm war es wie eine Ewigkeit vorgekommen, zumindest aber wie eine Viertelstunde. Trotzdem sollten es erst drei Minuten gewesen sein? Thomas wusste, dass ihn seine Frau in solchen Momenten niemals anlügen würde, also musste er sich schleunigst etwas einfallen lassen, mit dem er die restlichen sieben Minuten füllen konnte! Laut sagte er: „Nein, natürlich nicht. Ich…ich habe nur von dem vielen Reden einen trockenen Mund bekommen!"

Zweifelnd blickte ihn Gisa an, kommentierte seine Bemerkung aber nicht.

Thomas beeilte sich, mit dem Lobgesang auf seine Frau fortzufahren, aber schon bald merkte er, dass ihm die Ideen ausgingen und er sich zu wiederholen begann.

‚Verdammt!', schoss es ihm durch den Kopf, ‚Jemanden zu loben ist verdammt schwierig, und diese verfluchten zehn Minuten ziehen sich wie ein Kaugummi scheinbar endlos hin!'

Als er sich immer mehr in Wiederholungen erging, unterbrach ihn Gisa: „Du hast jetzt knapp neun Minuten rum, aber seit vier Minuten wiederholst du dich nur noch. Das nervt!"

Schuldbewusst starrte Thomas auf seine Schuhspitzen.

Gisa hingegen fuhr fort: „Das, was du an Lob vorgebracht hast, klang zwar alles ganz nett, aber doch sehr stereotyp, denn ‚Deine Haare sind viel weicher als die der anderen Frauen' oder ‚Deine Haut ist so samtweich, die der anderen dagegen wie Schmirgelpapier' und der ganze andere Mist klingt nach dahergesagtem Zeug ohne wirkliche Begeisterung. Außerdem: Woher willst du das wissen? Hast du anderen Frauen die Haare betatscht? Oder ihre Haut in Augenschein genommen? Hast du andere Weiber aufgerissen, um sie mit mir zu vergleichen?"

„Ich..." Thomas brach ab. Er wusste keine Antwort, denn Gisas Logik war bestechend. Sie hatte ihn am Wickel, und beide wussten es.

„Du bist einfach nur ein geiler Bock!", stellte sie sachlich fest, „Du magst es, auf Festen anderer Weiber auf die Titten und auf die Ärsche zu starren, anstatt mich zu verwöhnen. Wirst du erwischt, lügst du wie gedruckt. Aber diesmal hat das Konsequenzen, mein Lieber!"

Noch während sie diese Drohung aussprach, nestelte sie bereits den dünnen Ledergürtel aus ihrem knielangen Rock. Nicht, dass sie einen Gürtel brauchte, damit der Rock perfekt saß, aber auf diese Weise hatte sie immer vollkommen unauffällig ein Strafinstrument zur Hand. In Momenten wie diesem, wo der Rohrstock und all die anderen Züchtigungsinstrumente noch knapp zweihundert Kilometer entfernt in ihrem Haus lagen, erwies sich der Gürtel nicht zum ersten Mal als idealer Reisebegleiter.

Rasch sah sich Gisa um. Dann deutete sie auf einen teilweise umgestürzten Baum, dessen Stamm fast in einem Winkel von fünfundvierzig Grad zum Waldboden emporragte.

„Lass deine Hosen fallen und leg dich auf den Stamm!", befahl sie.

„Hier? Du willst mich doch nicht etwa hier bestrafen?"

„Nein, keine Sorge, das wird nur ein kleines Vorspiel werden, damit ich mich abreagieren kann! Zu Hause kriegst du fünfundzwanzig weitere Hiebe mit dem Rohrstock, aber jetzt muss ich erstmal Dampf ablassen sonst baue ich bei der Weiterfahrt noch einen Unfall! Also beweg deinen faulen Arsch, damit ich dich endlich durchprügeln kann!"

Widerspruch wäre nicht nur zwecklos gewesen, sondern hätte garantiert auch noch eine Strafverschärfung zur Folge gehabt. Thomas wusste aus Erfahrung, wie erfinderisch seine Frau beim Ausdenken von solchen Zusatzstrafe sein konnte! Also beeilte er sich, der unmissverständlichen Aufforderung nachzukommen und nestelte an seinem Hosenverschluss herum. Dann durchzuckte ihn siedendheiß ein Gedanke: „Was, wenn jemand kommt?", flüsterte er beinahe schüchtern.

„Dann wird dieser Jemand sehen, dass ich in unserer Ehe die Hosen anhabe und du ordentlich erzogen wirst! Was soll die dämliche Frage? Hast du die Hosen voll und willst dich vor der Strafe drücken?"

„Nein, nein!", beeilte sich Thomas mit abwehrend ausgestreckten Armen zu versichern. Dabei ließ er seine inzwischen geöffnete Hose für einen Moment los, und sofort rutschte sie bis zu den Knöcheln herab.

„Dann runter mit der Unterhose und ab über den Baum, du Wurm! Ich will heute noch bei Tageslicht zu Hause ankommen!"

Nach einem verstohlenen Blick in die Runde, bei dem er keinen anderen Menschen bemerkte, nahm Thomas die befohlene Position ein. Die morsche Baumrinde drückte schmerzhaft auf sein Gemächt, aber er wagte nicht, darüber eine Bemerkung zu machen.

Noch bevor er eine aus seiner Sicht weniger schmerzhafte Position gefunden hatte, ließ Gisa bereits den Gürtel auf sein Gesäß niedersausen. Da sie wegen der Baumstellung leicht seitlich und damit für sie auf ungewohnte Weise mit dem Gürtel ausholen musste, schlug sie aus Sorge über zu schwache Hiebe besonders hart zu. Es war daher nicht verwunderlich, dass Thomas schon nach wenigen Hieben erste Schmerzlaute von sich gab, die immer lauter wurden. Das Anschwellen seines ‚Gesangs' rührte dabei aber nicht nur von der Wucht der verabreichten Schläge her, sondern war auch eine Folge der Baumrinde, die bei seinem schmerzerfüllten Gezappel immer kräftiger an seinen Schenkeln und, schlimmer noch, an seinen empfindlichsten Teilen scheuerte.

„Uh!...Oh!...Au!...Die Rinde, bitte...!"

„Halts Maul, Jammerlappen!"

Während die Schläge sein Gesäß in ein immer kräftigeres Rot tauchten, schien die Rinde seine Genitalien wund zu scheuern. Er lamentierte und bat um eine andere Strafstellung, aber sein Flehen fand kein Gehör. Seine Frau war zu sehr damit beschäftigt, sein ‚optisches Vergnügen' zu ahnden und sich durch seine Züchtigung wieder zu beruhigen.

Schließlich hielt es Thomas nicht mehr aus. Während er Schläge gewohnt war, machte ihm die Baumrinde an seinen Intimstellen sehr schwer zu schaffen! Als die Situation für ihn unerträglich zu werden drohte, wollte er ungeachtet der Folgen für diese Ungezogenheit aufspringen. Gerade noch rechtzeitig hatte Gisa das erkannt und ihn beinahe mühelos wieder niedergedrückt.

„Na gut", zischte sie ihm dabei ins Ohr, „dann machen wir es eben anders! Liegen bleiben und nicht bewegen!"

Bevor er verstand, was sie meinte, hatte Gisa bereits den Gürtel aus seiner Hose gezogen und begonnen, damit seine Hände unter dem Baumstamm zu fesseln. Als sie damit fertig war, schob sie vor seinen Augen aufreizend langsam den Saum ihres Rockes hoch, bis er ihren Slip sehen konnte.

„Was…"

Mit regungsloser Miene hakte sie ihre Daumen in den Schlüpferbund und zog betont langsam ihr Höschen aus. Dabei sagte sie in sehr freundlichem Tonfall: „Dein Geplärre nervt!"

„Aber…"

Weiter kam er nicht, denn blitzschnell hatte sie ihm ihr Höschen in den Mund gesteckt. Jetzt war seine Stimme nur noch sehr gedämpft zu vernehmen. Damit er den Knebel nicht Ausspucken konnte, benutzte sie einen ihrer halterlosen Strümpfe als Mundfessel.

Thomas war nun seiner Sprachfähigkeit beraubt. Dafür nahm er den am Höschen hängenden Intimgeruch seiner Frau wahr. Daneben war noch ein besonderer Geschmack spürbar, den er erst nach kurzem Nachdenken zuordnen konnte: Liebessaft! Er wusste, dass es seine Frau erregte, ihn zu bestrafen, und offensichtlich war sie auch jetzt feucht zwischen den Beinen. Dem intensiven Geschmack in ihrem Höschen nach zu urteilen war sie sogar sehr erregt. Das versöhnte ihn etwas, und so kostete er soweit möglich von ihrem Nektar, bis sein Speichel den herrlichen Geschmack verwässert hatte.

Gisa war inzwischen einen Schritt zurückgetreten und betrachtete ihren Mann. Ja, genauso mochte sie ihn, unterwürfig und versohlt. Obwohl – so richtig gut durchgeprügelt war er in ihren Augen noch nicht, schon gar nicht für das, was er sich erlaubt hatte. Also machte sie sich wieder ans Werk und peitschte mit ihrem dünnen Ledergürtel weiter sein Gesäß. Wieder und wieder ließ sie den giftigen Riemen niedersausen, und seine heftigen Zuckungen ließen seine Pein erahnen. Gisa musste schmunzeln, als sie daran dachte, wie die Baumrinde ihr Werk unterstütze.

Irgendwann wurde ihr Arm lahm. Sie machte eine kleine Pause, band ihren Mann aber nicht los. Nach einer für Thomas gefühlten Ewigkeit ließ sie den Gürtel mehrmals auf die hintere Seite seiner Schenkel niedergehen. Thomas zerrte an seiner Fesseln und kämpfte gegen den Knebel in seinem Mund, um endlich laut herausschreien zu können, aber Gisa war viel zu erfahren um die Fesseln zu locker gemacht zu haben. Er konnte sich nicht befreien und musste die Schläge wehrlos entgegennehmen. Sein einziger Trost war, dass er diese Abreibung verdient hatte, denn wenn er ehrlich war, hatte er den anderen Frauen tatsächlich ziemlich ungeniert, ja geradezu unverschämt auf die Brüste und den Hintern gestarrt.

Schließlich leuchteten seine Schenkel im gleichen Rot wie sein Hinterteil. Das war der Moment, in dem Gisa die Züchtigung beendete. Sie entfernte den Knebel, ließ ihn aber noch einen Moment gefesselt liegen, damit er sich beruhigen und wieder zu Atem kommen konnte. Schließlich band sie ihn los und Thomas küsste wortlos die Hand, die ihn eben noch gezüchtigt hatte. Mit trockenem Hals krächzte er ein „Danke, mein Schatz!" Dann zog er so schnell, wie es ihm mit seinen wackeligen Beinen möglich war, die Unterhose und seine Hose hoch und richtete alles. Danach gingen die beiden zum Auto zurück, als wäre nichts geschehen. Sein Gang wirkte zwar etwas unbeholfen, aber ein zufälliger Beobachter hätte ihn deshalb sicher für angetrunken gehalten.

Beim Auto angekommen stiegen sie ein. Gisa nahm wie selbstverständlich auf der Fahrerseite Platz, während sich Thomas ächzend und mit einigem Wehklagen in den Beifahrersitz gleiten ließ. Bevor sie den Zündschlüssel drehte, blickte Gisa ihren Mann fest an: „Jetzt geht es ab nach Hause, damit der Rohrstock deine Strafe vollenden kann."

Er quittierte diese Ankündigung mit einem tiefen Seufzer, denn nach der Tracht Prügel mit dem Ledergürtel würde der Rohrstock noch viel schmerzhafter ziehen als er es ohnehin schon tat.

‚Und das', dachte er, ‚für ein paar Blicke auf fremde Titten und Hintern – die es noch nicht mal wert waren.'

Dann linste er zu seiner Frau hinüber und dachte: ‚Aber lieber eine solch geharnischte Wucht von diesem Prachtweib als tagelanges Theater und Schmollen oder womöglich irgendwann die Scheidung.'

Damit ergab er sich einmal mehr in sein Schicksal und fuhr gemeinsam mit seiner Frau nach Hause, dem Rohrstock entgegen.

Missglückter Streich im Freibad

Es war einer von diesen heißen Tagen in den Sommerferien, an denen man als Daheimgebliebener entweder in einem Eiscafé Berge von Eiskugeln in sich hineinschaufelte oder ins Freibad fuhr. Andreas und Bernd hatten sich für letzteres entschieden: Zum einen versprachen die Schwimmbecken mehr Abkühlung als ein Eisbecher, zum anderen gab es dort viele süße Mädchen in knappen Bikinis zum Anschauen. Viele kannten sie von der Schule, obwohl sie keinen großen Kontakt zu ihnen hatten. Wie auch zu den Jungs nicht. Sie waren das, was man Streber nannte, und zudem vollständig unsportlich. Wirklich keine guten Voraussetzungen, weder um in irgendeine Clique aufgenommen zu werden, noch um Mädchen zu beeindrucken. Immerhin ließen die anderen sie in Ruhe, aber wohl nur, weil Andreas und Bernd sie immer bereitwillig die Hausaufgaben abschreiben ließen.

Die beiden hatten schon den gesamten Vormittag im Freibad zugebracht und wegen ihres frühen Eintreffens einen Liegeplatz unter einem Baum ergattert. Dank einer vorausschauenden Platzwahl und in Vortäuschung einer größeren Gruppe hatten sie mehrere Decken so geschickt ausgelegt, dass sie nun, in der Zeit der größten Hitze, trotz des rappelvollen Bades immer einen Platz im Schatten hatten. Diesen schönen Fleck mussten sie aber bald teilen: Claudia, Sandra und Ulla tauchten auf und legten sich zu ihnen. Der Schatten lockte sie in die Nähe der Streber, die wiederum die Gegenwart der drei

Bikininixen genossen. Das Verhalten der Mädchen war nicht ungewöhnlich, denn schließlich gingen alle fünf in die 12. Klasse des örtlichen Gymnasiums und kannten sich daher bestens. Allerdings hatten die drei Mädchen nie sonderlich großes Interesse an den beiden Jungs gezeigt, weil sie lieber mit anderen Mitschülern flirteten, die ,cooler' waren. Auch jetzt war der gemeinsame Liegeplatz eher dem Schatten als dem Image der beiden Jungs zu verdanken. Es war also nicht weiter verwunderlich, dass die Mädchen, kaum dass sie sich in den Kabinen umgezogen und ihre Taschen und Decken bei den Jungs abgestellt hatten, in Richtung Schwimmbecken verzogen, wo sie eine Gruppe von Jungen aus der Parallelklasse gesehen hatten. Andreas und Bernd war klar, dass die Mädchen die anderen Jungs ,anflirten' wollten und bei dem zu erwartenden Interesse in Kürze zu ihnen umziehen würden.

„Das ist echt gemein", maulte Bernd, „nur weil wir keine Sportskanonen oder Pausenclowns sind, haben wir immer das Nachsehen."

„Ja", stimmte Andreas zu, „das ist wirklich echt gemein. Aber vielleicht können wir uns ja auch etwas Spaß gönnen."

Bernd merkte an dem Grinsen seines Freundes sofort, dass dieser eine Idee hatte. „Was brütest du aus?", fragte er gespannt.

„Naja, die drei Mädels hatten doch bei ihrer Ankunft diese tollen Miniröcke an, die so herrlich hin- und herwippen. Außerdem sind sie bestimmt mit dem Fahrrad hier, denn ein Auto hat keine von ihnen, die haben nur den Führerschein. Der

Rückweg geht ziemlich lange bergab und da fahren alle so schnell es geht. Da klappt der Fahrtwind schon mal den Rock hoch, sodass man das Höschen sehen kann."

„Oh ja", murmelte Bernd und schwelgte in Erinnerungen. Wie oft hatten er und Andreas auf halbem Weg eine Panne vorgetäuscht und den vorbeisausenden Mädchen unter den Rock geschaut. Vorher hatten sie gewettet, welche Farbe am häufigsten vorkommen würde, und über ihre Beobachtungen akribisch Buch geführt. Der Verlierer bezahlte dem Sieger dann in der Kneipe ein Bier.

„Was wäre wohl, wenn sie bei der Rückfahrt keine Höschen tragen würden?", fragte Andreas.

„Wie willst du das anstellen?" Dann folgten Bernds Augen dem Seitenblick seines Freundes. Richtig, da standen die Taschen der Mädchen! Bestimmt hatten sie darin ihre Bikinis gegen die Straßenkleidung eingetauscht. Nun huschte auch über sein Gesicht ein Grinsen, das aber gleich wieder verschwand. „Sie werden es doch beim Umziehen merken und wissen, dass wir es waren!"

„Kaum", entgegnete Andreas selbstsicher, „Es wird so ablaufen wie sonst auch: Die Mädels werden mit den anderen Typen anbändeln und sich irgendwann zu ihnen legen. Vorher werden sie ihre Sachen von hier abholen. Dabei werden sie den Inhalt ihrer Taschen nicht überprüfen. An ihr Geld werden sie heute Nachmittag auch nicht müssen, denn die anderen werden ihnen alles bezahlen. So läuft das doch immer, das kennen wir ja schon! Wenn sie dann heute Abend das Fehlen ihrer Höschen bemerken, werden sie die anderen Jungen verantwortlich machen. Weil diese die Hosen nicht herausgeben können, weil sie sie ja nicht haben, werden sie in den Augen der Mädels abgehakt sein. Was aber nichts daran ändert, dass die drei ohne Höschen nach Hause müssen."

„Genial!" war alles, was Bernd dazu sagen konnte.

Mit einem raschen Blick in die Runde vergewisserten sich die beiden, dass die Mädels nicht in der Nähe waren, dann machten sie sich über die Taschen her. Wie zu erwarten war, hatten die Mädchen ihre Kleidung gleich nach dem Ausziehen ohne Zwischenablage in die Taschen gestopft. Da sie ihre Slips naturgemäß zuletzt ausgezogen hatten, lagen sie in den Taschen ganz oben. Andreas verstaute die Höschen rasch in seiner Sporttasche, während Bernd die Taschen der Mädchen wieder verschloss. Nichts deutete nun darauf hin, dass sich jemand an ihnen bedient hatte.

Nach einiger Zeit kamen Sandra, Claudia und Ulla zurück, um ihre Sachen zu holen. Wie vorherzusehen war, wollten sie zu den ‚süßen Typen' umziehen, die sie im Schwimmbecken näher kennen gelernt hatten. Ohne ihre Sachen zu überprüfen, rannten sie mit einem kurzen Gruß davon. Andreas und Bernd blieben wieder einmal ohne weibliche Gesellschaft zurück, aber dieses Mal feixten sie trotzdem.

Es verging nicht viel Zeit, als sich eine Bademeisterin den beiden näherte. „Na", meinte sie, „amüsiert ihr euch gut?"

Erstaunt blickten Andreas und Bernd die Frau an. Ihr schlanker Körper wurde von den knappen Shorts und dem engen

Oberteil hervorragend betont, während ihre weichen und freundlichen Gesichtszüge den Eindruck einer bildhübschen Frau unterstrichen. Schwarzes Haar umrahmte ihr Gesicht und bildete einen wunderbaren Kontrast zur weißen Kleidung. Andreas hatte sich als Erster gefangen und bestätigte mit einem leicht anzüglichen Blick auf seine Badehose ihre gute Verfassung.

„Das ist schön", meinte die Bademeisterin, „leider muss ich eure Eintrittskarten kontrollieren und hoffe, dass euch das nicht den Tag verdirbt. Ihr wisst ja, wie viele hier heimlich eindringen, da müssen wir immer wieder Routinekontrollen vornehmen."

„Klar, kein Problem", antworteten beide fast gleichzeitig und reichten der Aufsicht ihre Jahreskarten.

„Gut", lächelte die Bademeisterin, „dann habe ich ja nun eure Namen und Anschriften. Volljährig seid ihr auch, wie ich sehe. Gut, ihr folgt mir jetzt möglichst unauffällig in den Aufsichtsraum. Eure Taschen nehme ich vorsichtshalber an mich." Bevor Andreas oder Bernd reagieren konnten, hatte sie sich bereits die Taschen geschnappt und erhoben. Mit einem ziemlich mulmigen Gefühl folgten die beiden der Frau. Selbst der Anblick ihres aufreizenden Hinterteils, der beim Gehen verlockend wackelte, konnte ihre mulmige Stimmung nicht heben.

Im Aufsichtsgebäude angekommen, wurden sie sofort in einen hinteren Raum geführt, wo bereits eine brünette Mitfünfzigerin wartete. Dort wurden Andreas und Bernd von der Bademeisterin des Diebstahls bezichtigt und von der Frau zweifelsfrei als die beiden, die sich an den Taschen der Mädchen vergriffen hatten, erkannt. Offensichtlich hatte sie in ihrer Nachbarschaft gelegen und alles beobachtet. Andreas wurde schlagartig bewusst, dass er und sein Freund nur nach den Mädchen Ausschau gehalten, aber nicht auf andere Zeugen geachtet hatten. Tatsächlich sollte es ja nur ein Streich sein, aber auf eine Unbeteiligte musste es anders gewirkt haben. Sofort begann Andreas, die ganze Geschichte zu erzählen. Die Zeugin bestätigte, dass sie nur ganz kurz in die Taschen gesehen und etwas herausgenommen hatten, was durchaus ein Schlüpfer gewesen sein könnte. Bei der Durchsuchung fanden sich dann in Andreas Tasche auch nur die drei Höschen.

Die Bademeisterin zog sich mit der Zeugin in einen angrenzenden Raum zurück. Dort berieten sie über die weitere Vorgehensweise.

„Tja", meinte die Bademeisterin nach ihrer Rückkehr, „Wir haben jetzt mehrere Möglichkeiten: Wir können die Polizei rufen, was euch viel Ärger und vor allem einen Eintrag im Führungszeugnis bescheren würde. Wir könnten auch die drei Mädchen über euren ‚Streich' informieren und denen die Entscheidung über die weitere Vorgehensweise überlassen. Vielleicht werdet ihr dann nicht angezeigt, seid aber nach den Ferien das Gespött der ganzen Schule. Was sollen wir also machen?"

„Bloß nichts den Mädchen sagen!", platzte Bernd heraus, „Die neuen Typen von denen würden uns glatt zusammenschlagen! Anzeigen werden sie uns dann bestimmt auch noch, also dann lieber gleich die Polizei!"

„Nein", schüttelte Andreas den Kopf, „wenn die Polizei kommt, erfahren es die Mädels doch sowieso, dann haben wir eine Anzeige am Hals, werden zusammengeschlagen und sind das Gespött von allen. Scheiße, mit so einem Ausgang habe ich nicht gerechnet." In seinen Augen lag pure Verzweiflung.

„Nun", begann die Bademeisterin nachdenklich, „es sollte ja wohl tatsächlich nur ein Streich sein." Die beiden Jungen nickten. „Allerdings ein ziemlich blöder und noch dazu sehr sexistisch! Gymnasiasten hätte ich etwas mehr Reife zugetraut, aber ihr habt euch wie pubertierende Gören benommen. Vielleicht sollte man euch deshalb auch wie unreife Gören bestrafen und es dann auf sich beruhen lassen. Und vielleicht ist den Mädchen der Verlust ihrer Höschen ja auch eine Lektion, die ihnen ganz gut tut. Was meint ihr?"

„W-wie würde denn die Bestrafung aussehen?" fragte Andreas leise, aber mit deutlicher Hoffnung in der Stimme.

„Das erfährst du dann schon."

„Aber...Die Bestrafung... Dann keine Polizei?", stotterte Bernd.

„Keine Polizei, keine Mitteilung an die Mädchen oder an sonst wen", versprach die Bademeisterin und die Zeugin nickte bestätigend.

Das genügte, um nach kurzem Zaudern die Zustimmung von Andreas und Bernd zu bekommen. Nachdem auch geklärt war, dass die beiden in den Ferien nie vor Mitternacht zu Hause und dementsprechend keine Probleme mit ihren Eltern zu befürchten waren, sperrte die Bademeisterin die beiden im Keller in einer Besenkammer ein. Nach Schließung des Freibades um 20 Uhr sollte dann die Bestrafung erfolgen. Bis dahin waren es noch gut sechs Stunden. Obwohl die beiden nur mit einer knappen Badehose bekleidet waren, war es in ihrer kleinen Zelle sehr warm. Während der Zeit ihres Arrestes hing jeder seinen eigenen Gedanken nach, die immer wieder von dem Gefühl der Beklemmung überlagert wurden.

Ohne Uhr hatten Andreas und Bernd rasch jedes Zeitgefühl verloren, aber irgendwann öffnete sich die Tür zu ihrem Gefängnis. Sowohl die Bademeisterin als auch die Zeugin schnappten sich jeweils einen Bengel am Ohr und zogen ihn in einen großen Abstellraum, wo offensichtlich über den Winter die Liegen, Schlauchrollen und sonstigen Gerätschaften eines Freibades gelagert wurden. Jetzt, im Sommer, war der Raum nur spärlich gefüllt. In der Mitte des Raumes stand jedoch für alle unübersehbar eine ausrangierte Krankenliege, daneben ein Eimer mit Wasser. Andreas und Bernd waren noch nie zuvor in diesem Raum gewesen. Bevor sie alle Einzelheiten in sich aufgenommen hatten, war Andreas bereits mit Handschellen an einem Querbalken gefesselt worden. Er war so sehr mit der Betrachtung des Raumes beschäftigt gewesen, dass die Zeugin ihn mit der Fesselung überrumpeln konnte. Bernd wurde von der Bademeisterin in die Mitte des Raumes dirigiert. Dort stand er nun und wirkte ziemlich hilflos.

„So", begann die Bademeisterin, „dann kommen wir jetzt zu eurer Bestrafung. Das Delikt ist klar, zudem habt ihr alles gestanden. Wenn wir, das sind Frau Kramer", die Bademeisterin deutete auf die Zeugin, „und ich mit euch fertig sind, ist die Angelegenheit vergessen. Weil sie vergessen ist, werdet ihr auch kein Hausverbot bekommen, ihr könnt also schon morgen wieder hier sein." Dann wandte sie sich an Bernd: „Du bist nur ein Mitläufer, das hat dein Freund gestanden und du hast es bestätigt. Früher haben ungezogene Gören für dumme Streiche sechs kräftige Hiebe mit dem Rohrstock auf den Hintern bekommen. Zum Glück haben wir hier noch ein paar schöne Rohrstöcke von einem meiner Vorgänger gefunden, der damit ungezogene Badegäste bestraft hat. Heute werde ich euch damit Benehmen einbläuen. Weil sich die Zeiten aber geändert haben und du ein Junge und damit hart im Nehmen bist, haben wir dir statt der sechs Hiebe wie früher zwölf Hiebe je Vergehen zugedacht. Bei drei gestohlenen Höschen ergibt das also wie viele Schläge?"

Bernd erschauerte unter dem scharfen Blick der Bademeisterin. Sichtlich unwohl stammelte er schließlich: „Äh...sechsunddreißig."

„Das heißt ‚Sechsunddreißig Hiebe, gnädige Frau'!" rügte die Bademeisterin. „Noch mal!"

„Sechs-sechsunddreißig Hiebe, gnädige Frau", murmelte Bernd leise.

„Sehr gut! Bevor die Strafe aber vollstreckt werden kann, werden wir deinen Hintern vorwärmen müssen, weil es sonst zu Verletzungen kommen könnte. Siehst du das ein?"

Bernd nickte automatisch. Als die Bademeisterin Andreas anblickte, nickte auch der sofort. Irgendwie kam den beiden die Szene unwirklich vor, aber wenn dieser verdammte Streich damit aus der Welt geschafft werden könnte, war es in Ordnung. Die beiden hofften natürlich auch, dass es nicht so schlimm werden würde. Sie dachten, dass die beiden Frauen viel Wirbel verursachten, um sie zu schockieren. Viel Zeit zum Nachdenken blieb ihnen jedoch nicht, denn schon bellte die Bademeisterin eine neue Anweisung: „Zieh deine Badehose aus und leg dich bäuchlings auf die Liege!" herrschte sie Bernd an. Als dieser nicht sofort reagierte, hörte er etwas durch die Luft sausen. Bevor Bernd das Geräusch erkannte, spürte er einen heftigen Schmerz auf seinem Rücken. ‚Verdammt', dachte er, ‚ein Gürtel, wie bei mir zu Hause.'

Tatsächlich hatte Frau Kramer einen schmalen Ledergürtel aus den Schlaufen ihres Rockes gezogen und ihn Bernd übergezogen. „Hörst du Gör schwer?", schimpfte sie dabei. Als Bernd noch immer vor Überraschung unfähig zum Gehorchen war, zog ihm Frau Kramer zweimal schnell hintereinander den Gürtel über; zunächst über den Rücken, dann über die Vorderseite der Oberschenkel. Jetzt kam Bewegung in Bernd, der sich ohne lange zu überlegen oder Schamgefühle zu entwickeln die Badehose herunterriss und sich in der befohlenen Stellung auf die Liege warf. Darauf hatte die Bademeisterin nur gewartet und band ihn rasch an Händen und Füßen fest. Zum Schluss wurde noch ein breiter Gurt um seine Taille gelegt, sodass er sich kaum noch bewegen konnte.

Andreas hatte die Szene mit schreckgeweiteten Augen verfolgt, aber vor Überraschung und Angst keinen Ton herausgebracht. Nun musste er mit ansehen, wie seinem Freund eines der drei Mädchenhöschen als Knebel in den Mund gesteckt und mit einem zweiten Höschen an seinem Kopf fixiert wurde. Frau Kramer hatte in der Zwischenzeit ihren Rock ausgezogen, weil er ohne Gürtel nur schlecht saß. Andreas konnte nicht anders als auf den leuchtend weißen Slip zu schauen, an dessen Seiten ein paar verwegene Schamhaare hervorlugten. Für weitere Betrachtungen blieb ihm keine Zeit, denn Frau Kramer bückte sich, um Bernds Badehose aufzuheben und in den Wassereimer zu tauchen. Dabei präsentierte sie Andreas ihre prallen Hinterbacken, über denen sich der enge Slip spannte. Andreas spürte eine plötzliche Enge in seiner Badehose, achtete aber wegen der folgenden Geschehnisse nicht mehr darauf.

„Na, dann wollen wir mal anfangen", sagte Frau Kramer ganz jovial. Dann ließ sie die nasse Hose mit Wucht auf Bernds nackten Po niedersausen. Mit einem saftigen ‚PATSCH!' traf der Stoff auf die Haut. Der Aufprall erzeugte außer einem kräftigen Klatschen jedoch nur ein leichtes Zusammenzucken von Bernd, bevor sich seinem geknebelten Mund ein eher überraschtes als schmerzerfülltes „Ooh!" entrang. Andreas konnte von seinem etwas entfernten Platz erkennen, wie sich das

Hinterteil seines Freundes leicht rötete, aber die nur leichte Reaktion von Bernd überraschte ihn. Immerhin hatte der Schlag sehr schmerzhaft geklungen.

‚Vielleicht ist Bernd von zu Hause aber auch so viel Prügel gewohnt, dass er abgehärtet ist', dachte Andreas, der wusste, dass sein Freund sowohl von seinem Vater als auch von seiner Mutter beinahe regelmäßig wegen irgendwelcher Kleinigkeiten Senge bekam.

Das Klatschen des ersten Hiebes war noch nicht ganz verhallt, als auch schon der zweite Hieb niedersauste. Wieder war das hässliche ‚PATSCH!' zu hören. Frau Kramer ließ sich Zeit. Innerhalb der nächsten Minuten ließ sie die immer wieder in den Wassereimer eingetauchte und daher stets nasse Badehose noch acht weitere Mal auf Bernds nackten Hintern herabsausen. Am Ende leuchteten Bernds Pobacken in einem kräftigen Rot, aber geschrieen hatte er nicht, nur manchmal etwas gestöhnt. Andreas bewunderte seinen Freund für diese Haltung.

Als diese Strafe vorbei war, bestand die Bademeisterin darauf, dass Bernd ein „Vielen Dank, gnädige Frau!" herauspresste. Weil er das nicht sofort und aus eigenem Antrieb getan hatte, bekam er zwei zusätzliche Schläge mit seiner nassen Badehose verabreicht.

Nun folgte die eigentliche Bestrafung: Bernd wurde losgebunden und musste von der Seite an die Liege herantreten. Dann wurde er so übergelegt, dass sein Bauch und ein Teil seines Oberkörpers auf der Liege auflagen. Nachdem seine Hände und Füße an die Beine der Liege gebunden waren, trat die Bademeisterin schräg hinter ihn. Ohne ein Wort zu sagen, nahm sie Maß, holte aus und ließ den Rohrstock mit einem schrecklichen Zischen niedersausen.

HUUIITT – KLATSCH!

Der Rohrstock biss sich in Bernds Hinterbacken, schnellte dann hoch und hinterließ eine rote Strieme. Bernds Reaktion kam mit Verzögerung: Sein Oberkörper bäumte sich wild auf, und trotz seines Knebels war sein Schmerzensschrei deutlich vernehmbar. Dann wurde sein Oberkörper von den Fesseln wieder zurückgerissen, dafür fing sein Hintern wild an zu zucken. Nur langsam beruhigte er sich wieder. Frau Kramer zählte inzwischen ungerührt: „Eins!"

Kaum lag Bernd wieder ruhig, sauste der Rohrstock ein weiteres Mal nieder. Wieder folgte dem grässlichen Zischen ein fürchterliches Klatschen. Parallel zur ersten Strieme bildete sich ein zweiter roter Streifen. „Zwei", zählte Frau Kramer, während Bernds Hintern einen neuen Tanz aufführte.

In der nächsten halben Stunde kam Bernds Hinterteil nicht mehr aus dem Tanzen heraus. Weil die Bademeisterin nach jedem Schlag wartete, bis er sich wieder halbwegs beruhigt hatte, wurden die Intervalle zwischen den Hieben immer länger. Besonders schlimm wurde es für Bernd, als es statt der Längshiebe Querhiebe setzte, sodass jeder neue Hieb mehrere andere Striemen kreuzte. Seine Schreie schwollen dann trotz seines Knebels immer enorm an, sodass Frau Kramer schließlich ihren Slip auszog und zusätzlich zu dem Mädchenhöschen in Bernds Mund stopfte. Nun waren seine Schmerzenslaute zwar etwas gedämpfter, aber in dem Raum immer noch deutlich zu hören.

Während seinem Freund der Hintern gehörig ausgedroschen wurde, wusste Andreas nicht, wohin er starren sollte: Auf seinen Freund, von dem er das schmerzverzerrte Gesicht sehen konnte, auf den nackten Unterleib von Frau Kramer, die sich so bewegte, dass er sowohl ihren Po als auch ihren Busch sehen konnte, oder auf die Bademeisterin, die mit eleganten Bewegungen den schmerzhaften Rohrstock schwang und dabei ihre wohlgeformten Brüste in Schwingungen versetzte. Schließlich wanderten seine Blicke nur noch zwischen den beiden Frauen hin und her.

Er war so mit der Betrachtung ihrer Körperpartien und den entsprechenden Bewegungen beschäftigt, dass er das Jammern und am Ende das Heulen seines Freundes kaum bemerkte. Dass ihm das Gleiche bevorstand, dämmerte ihm erst, als die Züchtigung von Bernd beendet war und die beiden Frauen ihn losbanden. Weil Bernd die Beine wegknickten, stützten die beiden Frauen den jungen Mann und schliffen ihn an die Seite. Dort wurden seine Hände an einen Balken festgebunden. Immerhin konnte er sich hinknien und auf seine Beine setzen, was ihm aber wegen der vielen Striemen enorme Schmerzen bereitete. Bernd brauchte lange, bis er eine einigermaßen erträgliche Position gefunden hatte. Offensichtlich war die Tracht Prügel schlimmer als die von zu Hause gewohnten Hiebe gewesen.

Durch die Suche nach der besten und damit der am wenigsten schmerzhaften Stellung hatte Bernd versäumt, wie sein Freund Andreas losgebunden und mit wackeligen Knien in die Mitte des Strafraumes geführt wurde.

„So, Bürschchen", begann die Bademeisterin, „Jetzt kommen wir zu dir als dem Anstifter und Haupttäter. Es ist dir doch wohl klar, dass du nicht so glimpflich wie dein Freund davonkommen wirst, oder?"

‚Glimpflich?', dachte Andreas, ‚Bernd wurde auf das Schlimmste gezüchtigt, was soll daran glimpflich gewesen sein?' Laut sagte er aber wohlweislich nichts. Das war ein Fehler, denn Frau Kramer ließ sofort ihren dünnen Ledergürtel auf seinen Rücken sausen: „Die Dame hat dich etwas gefragt, also antworte gefälligst, du verdammtes Balg!", schrie sie.

Der Hieb traf Andreas völlig unerwartet, und deshalb raubte er ihm die letzte Konzentration. Dass Frau Kramer ihn anschrie, machte die Sache nicht besser. Erst als sie zum wiederholten Male zuschlug, reagierte er und schrie „Ja, ja, ja!" Die Frage hatte er zwar längst vergessen, aber immerhin war es die richtige Antwort.

„Du verstocktes Miststück", blaffte Frau Kramer, „jede Kleinigkeit muss man aus dir herausprügeln! Außerdem heißt das ‚Ja, gnädige Frau!' und nicht einfach ‚Ja, ja, ja'", dabei machte sie ihn mit verächtlichem Tonfall nach.

„Ja, gnädige Frau", beeilte sich Andreas hervorzustoßen, „Sie haben Recht, gnädige Frau, ich bitte um Entschuldigung, gnädige Frau!" Seine Stimme überschlug sich fast vor Angst, denn er wollte auf jeden Fall vermeiden, dass Frau Kramer weiter von ihrem Gürtel Gebrauch machte.

„Nun gut", ließ sich die Bademeisterin vernehmen, „du bekommst für jedes deiner Vergehen fünfundzwanzig Hiebe mit dem Rohrstock auf deinen nackten Arsch. Wie viele Hiebe sind das bei drei gestohlenen Schlüpfern?"

Andreas wurde blass und musste schwer schlucken. Dann beeilte er sich „Fünfundsiebzig Hiebe, gnädige Frau" zu sagen.

„Genau", nickte die Bademeisterin, „fünfundsiebzig Hiebe mit dem Rohrstock. Außerdem erhältst du für deine bisherige Verstocktheit zwölf Schläge mit dem Gürtel auf den nackten Rücken." Mit einer schroffen Handbewegung unterdrückte sie den Protest von Andreas: „Ein Wort", drohte sie, „und ich verdopple die Strafe für deine Verstocktheit!"

Das saß! Andreas signalisierte durch ein kurzes Kopfnicken, dass er verstanden hatte und die Strafe akzeptierte. Dann senkte er den Kopf und schluchzte leise. Er hatte das Gefühl, in der Hölle zu sein.

Wie durch einen Nebel hörte er, wie die Bademeisterin davon sprach, dass auch sein Hintern vorgewärmt werden müsse. Wie in Trance zog er seine Badehose aus und reichte sie mit vor Scham gesenkten Augen Frau Kramer. Dann ließ er sich widerstandslos auf der Liege festbinden. Damit seine Schreie nicht zu laut wurden, bekam er nun seinerseits die von Bernds Sabber völlig durchweichten Slips der Frau Kramer und eines Mädchens in den Mund gesteckt, die ebenfalls mit einem anderen gestohlenen Mädchenhöschen befestigt wurden.

„Dein Freund hat als Mitläufer nicht so viele Hiebe erhalten wie du gleich bekommen wirst", sagte Frau Kramer, „deshalb werde ich deinen Arsch intensiver vorheizen müssen."

Kaum hatte sie das gesagt, ließ sie die nasse Badehose von Andreas auf dessen nackten Po niedersausen. Wieder war das laute ‚PATSCH!' zu hören. Andreas zuckte zusammen, war aber zugleich überrascht: Irgendwie hatte es kaum wehgetan! Das laute Geräusch des Aufpralls stand in keinem Verhältnis zur Wirkung. Zwar rötete sich sein Hinterteil, aber Schmerzen empfand er keine. Nun verstand er, warum Bernd so ruhig geblieben war. ‚Ob das am Stoff liegt?', fragte er sich noch, aber da sauste die nasse Hose wieder auf seine Globen herab, verstärkte die Rötung der Hinterbacken und unterbrach seine Gedanken. Er zwang sich zu größtmöglicher Ruhe, aber das schien Frau Kramer nur anzuregen: Sie wollte es diesem Früchtchen zeigen und legte deshalb ihre ganze Kraft in die Schläge. Dabei verschonte sie auch seine Schenkel nicht. Sie bedauerte, dass der Bengel auf dem Bauch lag, denn nur zu gerne hätte sie auch die Vorderseite seiner Schenkel bearbeitet. Weil das aber nicht möglich war, bemühte sie sich ein ums andere Mal, wenigstens die Innenseiten seiner Schenkel zu treffen. Sie war darin eine Virtuosin und machte ihre Sache sehr gut.

Insgesamt dreißig Mal schallte das laute ‚PATSCH!' durch den Raum, dann glühten die Pobacken und Schenkel von Andreas in leuchtendem Rot. Die beiden Frauen gönnten ihm eine kleine Pause, denn die eigentliche Strafe stand ihm ja erst noch bevor.

Sie sahen nach Bernd, der sich langsam etwas erholt hatte und seit ein paar Minuten mit stoischer Ruhe die Züchtigung seines besten Freundes verfolgte. Als die beiden Frauen die Striemen auf seinem Po begutachteten, zuckte Bernd nicht nur vor Schmerz zusammen, auch ein gewaltiges Schamgefühl überkam ihn, gepaart mit einem unbekannten Glücksgefühl, vor allem, als er den nackten Unterleib von Frau Kramer sah. Noch nie war Bernd von einer Frau am Po berührt worden, schon gar nicht von einer Halbnackten! Sofort regte sich sein Liebesspeer und stand schließlich deutlich sichtbar in Habachtstellung. Die beiden Frauen brachen bei diesem Anblick in schallendes Gelächter aus, und die Bademeisterin streichelte über Bernds Kopf, was dessen Hormone völlig durcheinander brachte. Aber er war im Augenblick nur ein Pausenfüller, denn die Bestrafung von Andreas stand im Vordergrund. Die beiden Frauen widmeten sich auch gleich wieder dem Rädelsführer, damit seine Globen nicht wieder abkühlten.

Andreas wurde losgebunden und seitwärts über die Liege gebunden. Er kannte die Position von Bernds Züchtigung her und wusste, was ihm nun blühte! Allerdings würde er mehr als doppelt so viele Schläge bekommen, was ihm eine Heidenangst bescherte.

„Das halte ich nie aus", heulte er in der Hoffnung, seine Zuchtmeisterinnen doch noch gnädig zu stimmen. Vergeblich, denn schon hatte die Bademeisterin sich ihres Oberteils und des BHs entledigt und seitwärts von ihm aufgestellt.

HUUIITT – KLATSCH!

Auch in Andreas Globen biss der Rohrstock mit Wohlgenuss und hinterließ wie schon bei Bernd eine rote Strieme. Andreas schrie schon nach dem ersten Hieb so laut auf, wie es der Knebel erlaubte.

HUUIITT – KLATSCH!

Der zweite Hieb fräste sich in sein Hinterteil. Sofort begann sein Po wie wild hin- und herzuwackeln, während Schmerzwellen seinen Körper durchfluteten. Andreas schrie und heulte vor Schmerzen, aber die Zuchtmeisterin kannte kein Erbarmen.

„Was für ein Weichei", grinste Frau Kramer die Bademeisterin an.

„Ja, viele Dummheiten im Kopf aber wenn es darum geht, die gerechte Strafe zu empfangen, heult er wie ein kleines Kind."

Von dem Geheule ungerührt ließ sie den Rohrstock erneut kraftvoll niedersausen.

HUUIITT – KLATSCH!

„Drei", zählte Frau Kramer ungerührt, während Andreas erneut laut aufschrie und wie wild an seinen Fesseln zerrte. Nur mühsam beruhigte er sich, wohl wissend, dass dann der nächste Hieb kommen würde. Aus Angst vor den neuen Schmerzen verkrampfte er seine Pobacken in der vagen Hoffnung, dadurch die Wucht und die Schmerzen mildern zu können. Ihm war nicht bewusst, dass er dadurch einen Muskelfaserriss riskierte. Die Bademeisterin hatte völlig unbemerkt von den Badegästen schon so manchem Gast mit dem Rohrstock die Leviten gelesen und bemerkte aufgrund ihrer Erfahrung seine Verkrampfung.

„Lass die Arschbacken locker", befahl sie. Als Andreas nicht sofort reagierte, verpasste sie ihm zwei leichte Klapse mit der flachen Hand auf den Po. Nur langsam dämmerte ihm, was sie von ihm wollte, zu sehr war er mit den schon erlittenen Schmerzen beschäftigt. Schließlich verstand er aber doch, lockerte die Pomuskulatur und die Bestrafung ging weiter.

HUUIITT – KLATSCH!   HUUIITT – KLATSCH!

Hieb auf Hieb sauste auf seine Globen nieder, die Striemen lagen dicht an dicht. Irgendwann nahm die Bademeisterin keine Notiz mehr von seinem Geheule und Pogewackel. Wie schon zuvor bei Bernd wartete sie nach jedem Hieb in aller

Seelenruhe, bis er sich wieder beruhigt hatte, um den nächsten Schlag und die damit verbundenen Schmerzen registrieren zu können. Er sollte jeden einzelnen Hieb spüren, nur dann hatte die Strafe ihren Sinn. Würde er nur die ersten zehn oder zwanzig Hiebe bewusst spüren, könnte sie sich die anderen sparen, weil er sich nur an die ersten Schläge erinnern würde. Der Sinn der drakonischen Strafe lag aber darin, dass er die gesamte Tortur bewusst erlebte, weil sie sich nur dann in sein Bewusstsein und Unterbewusstsein eingraben und von weiteren Dummheiten abhalten würde. Seine Züchtigung würde daher ziemlich viel Zeit beanspruchen, aber wenn sie für ihn eine heilsame Wirkung hatte, hätte es sich gelohnt.

HUUIITT – KLATSCH!

„Vierundvierzig", zählte Frau Kramer mit der Gewissenhaftigkeit einer Buchhalterin.
Das laute Heulen von Andreas war schon längst einem ständigen Schluchzen gewichen. Unablässig rannen Tränen seine Wangen herab, während der Sabber aus seinen Mundwinkeln und der Rotz aus seiner Nase troff.

HUUIITT – KLATSCH!

Längst schon setzte die Bademeisterin Querhiebe und verpasste seinem Hinterteil dadurch ein Muster aus kleinen Karos. Als sein Hintern keinen Platz mehr für weitere Striemen aufwies, machte sie mit seinen Schenkeln weiter. Sofort setzte ein enormes Gejaule ein, vor allem, als sie die Schenkelinnenseiten mit einbezog, die durch die Schläge mit der nassen Badehose ohnehin schon stark sensibilisiert waren. Die Schreie wurden immer höher, seine Stimme drohte ein ums andere Mal umzukippen.

Nach achtundsechzig Hieben hatte die Bademeisterin ein Einsehen. Mit Hilfe von Frau Kramer band sie Andreas in stehender Position an die Deckenbalken. Dann trat sie schräg vor ihn und versetzte ihm die letzten Hiebe auf die Vorderseite seiner Oberschenkel. Schon nach dem ersten Hieb schrie er wie ein verwundetes Tier und begann, mit den nur an den Füßen zusammengebundenen Beinen einen hektischen Tanz aufzuführen. Die beiden Frauen amüsierten sich prächtig über seine ungelenken Bewegungen.

HUUIITT – KLATSCH!

Zum letzten Mal pfiff der Rohrstock durch die Luft und zerfetzte die Haut seiner Oberschenkel. Mit Bedauern in der Stimme zählte Frau Kramer den letzten Hieb. Dann betrachteten die beiden Frauen ihr Werk: Vorder- und Rückseite seiner Schenkel waren tüchtig verstriemt, sein Hinterteil bestand aus einem engen Muster an Kästchen, die von tiefroten Striemen gebildet wurden.

„So schnell wird der Kerl nicht wieder sitzen können", lachte Frau Kramer.

„Selber schuld, warum vergreift er sich auch an Höschen, die ihm nicht gehören."

Damit trat die Bademeisterin auf Bernd zu, der den Blick von der strengen Bestrafung seines Freundes abgewendet hatte. „Was sagst du dazu, Arschloch?", fragte die Bademeisterin und trat Bernd leicht mit der Fußspitze in den Po. Sofort zuckte er schmerzerfüllt zusammen.

„Nie wieder machen wir so etwas, nie wieder!", keuchte Bernd.

„Das hoffe ich", erwiderte diese nur. Dann wandte sie sich an Frau Kramer.

Bernd warf einen verstohlenen Blick auf die nackten Brüste der Bademeisterin, bevor er die nackte Frau Kramer sah. Weil diese gleich noch die Auspeitschung von Andreas mit dem Gürtel wegen seiner Verstocktheit vornehmen wollte, hatte sie sich wegen der Wärme vorab frei gemacht.

Die beiden Frauen befreiten einen leidlich beruhigten, aber immer noch heftig schluchzenden Andreas aus seiner Lage. Dann führten sie ihn in die Raummitte, wo sie seine Hände an einem Dachbalken festbanden. Obwohl seine Beine ständig den Geist aufgeben wollten, konnte er wegen der Fesseln nicht umfallen.

Nun trat Frau Kramer mit einigen Schritten Abstand neben Andreas. In der Hand hielt sie ihren schmalen Ledergürtel und maß den Abstand zwischen sich und dem Delinquenten.

„Bist du bereit für den letzten Akt deiner Bestrafung?", fragte die Bademeisterin Andreas. Dieser nickte kaum merklich, zum

Sprechen war er wegen des langen Geschreis unter der Rohrstockzucht zu heiser.

Frau Kramer nahm Maß und ließ dann den Riemen durch die Luft sirren. Er klatschte auf den nackten Rücken des jungen Mannes, was diesen leicht zusammenzucken ließ. Die Schmerzen auf seinem Gesäß und den Schenkeln waren jedoch zu groß, als dass der Riemen sie hätte übertreffen können. Das sahen auch Frau Kramer und die Bademeisterin ein und beeilten sich, ihm die restlichen elf Schläge aufzuzählen. Immerhin entlockten ihm die letzten vier oder fünf Hiebe leise Schmerzenslaute und das Zusammenzucken war deutlich heftiger.

Dann war es überstanden. Die beiden Frauen banden die jungen Männer los und überließen sie erstmal sich selber. Während Bernd vor sich hin starrte, hockte Andreas wimmernd und schluchzend am Boden und versuchte verzweifelt, die starken Schmerzen zu ignorieren. So hatte er sich den Ausgang seines Streiches nicht vorgestellt! Immerhin waren sie noch glimpflich davongekommen, denn beiden war klar, dass die Polizei oder eine Nachricht an die Mädchen viel schlimmere Folgen gehabt hätte. Klar, die Züchtigung war hart gewesen, aber nun vorüber. Alles andere hätte Spätfolgen gehabt, darüber waren sich beide im Klaren!

Nach einiger Zeit hatte auch Andreas die Kraft, seine Umwelt wieder wahrzunehmen. Der Anblick der beiden nackten Frauen erregte ihn ebenso wie Bernd, was niemandem verborgen blieb.

„Na", scherzte die Bademeisterin, „euch scheint es ja wieder viel besser zu gehen, wenn ihr schon wieder lüstern werden könnt. Bildet euch aber keine Schwachheiten ein! Ihr werdet euch jetzt anziehen und brav nach Hause fahren. Ruht euch aus, sofern das bei euren verstriemten Ärschen möglich ist. Ach ja: Eure Unterhosen behalten wir hier, schließlich sollt ihr in den Genuss kommen, ohne sie nach Hause zu fahren. Und jetzt: Anziehen und ab mit euch!"

Die beiden erhoben sich, wobei Andreas deutlich erkennbare Probleme beim Aufstehen hatte. Dann zogen sie sich an, was bei Andreas ebenfalls erheblich länger dauerte. Endlich waren sie fertig und wurden von der Bademeisterin zum Ausgang begleitet. Mit einer letzten Warnung „Benehmt euch in Zukunft!" entließ sie die beiden.

Bernd und Andreas verzichteten wegen ihrer schmerzenden Hinterteile auf das Radfahren und schoben die Fahrräder lieber. Dadurch dauerte ihr Heimweg zwar deutlich länger, aber da ihnen die frische Luft gut tat, war es nicht ganz so schlimm. Später verbrachte gerade Andreas eine sehr unruhige Nacht! Die Schmerzen ließen ihn lange nicht einschlafen, und wenn er es schaffte, wurde er von wilden Albträumen geplagt, die ihn rasch aufschrecken ließen. So schnell würde er keine Streiche mehr aushecken!

Der Fußballfan

Endlich war die Zeit der Langeweile vorüber! Der Ball rollte wieder, die fußballlose Zeit war vorbei! Ein dreifaches ‚Hurra!' auf den Start der neuen Bundesligasaison!

Auch Manfred war von einem Hochgefühl befallen, als endlich das erste Spiel der neuen Saison vor der Tür stand. Vorbei die Zeit, in der sich waschechte Fußballfans mit dem Ansehen von Benefizspielen, Freundschaftsspielen und ‚Beach-Soccer' mühsam zu beschäftigen suchten. Obwohl all diese Spiele wichtig waren und dabei oftmals schöner Fußball gezeigt wurde, neigten wirkliche Fans wie Manfred dazu, diese Spiele sehr stiefmütterlich zu behandeln. Aber zum Glück war das für die nächsten Monate überstanden, denn jetzt gab es ja wieder ‚richtigen' Fußball.

Seine Frau Martina stand der neuen Fußballsaison hingegen weniger begeistert gegenüber. Sie wusste, dass sie bei den Heimspielen von Manfreds Lieblingsmannschaft nichts von ihm haben würde, es sei denn, sie würde mit ihm ins Stadion gehen. Das hatte sie vor einigen Jahren zweimal gemacht, seitdem war ihr Bedarf an Stadionbesuchen restlos gedeckt.

Wie es der Zufall so wollte, hatte Manfreds Lieblingsmannschaft gleich im ersten Spiel Heimrecht. Da das Stadion nur rund fünfundzwanzig Kilometer von seinem Wohnort entfernt lag und er sich wie immer eine Dauerkarte gekauft hatte, stand fest, dass er am Samstag ins Stadion fahren würde.

„Nimm den Zug", hatte Martina ihm am Spieltag geraten.

„Um Himmels willen, du glaubst doch nicht im Ernst, dass ich mich zu den Typen in den Zug setze", hatte er wie immer ausgerufen, „'wenn irgendwelche Chaoten den Zug auseinandernehmen, bin ich mittendrin – darauf habe ich echt keinen Bock! Stell dir mal vor, was meine Kollegen dazu sagen würden, wenn sie das mitbekommen würden! Und der Chef erst! Nein, nein, ich nehme das Auto!"

„Dann trink aber nichts!"

„Natürlich nicht, Schatz, ich bin doch nicht bescheuert. Ich weiß doch, dass die Polizei nach den Spielen überall Alkoholkontrollen macht." Damit wickelte sich Manfred seinen Fanschal um den Hals und verließ das Haus.

Die Fahrt zum Stadion verlief ereignislos. Dort angekommen, besorgte er sich als erstes ein Bier, denn ‚Ein Bier schadet ja nicht', wie er sich selber beruhigte.

Endlich begann das Spiel. Leider lief es für Manfreds Mannschaft nicht sehr gut, und zur Halbzeit lagen sie deutlich zurück. Bei ihrer Spielweise war auch nicht zu erwarten, dass es in der zweiten Halbzeit besser werden würde. Also beschloss er, in der Pause eine Bratwurst zu essen. Dank der guten Organisation im Stadion ging das sehr schnell vonstatten, allerdings bekam er nun Durst. Mit der Bratwurst als Grundlage glaubte er, sich ein zweites Bier genehmigen zu dürfen. An der Bierbude traf er jedoch ein paar alte Kumpel, die ebenfalls treue Fans der Heimmannschaft waren. Es kam, wie es kommen musste: Es wurde gefachsimpelt, dann wurde die erste Runde geworfen, der rasch eine zweite folgte. Das Spiel war vergessen, die gesamte zweite Halbzeit verbrachte Manfred mit seinen Freunden an der Bierbude. Als das Spiel schließlich abgepfiffen wurde, verabschiedete man sich voneinander und jeder strebte dem Ausgang entgegen.

Auf dem Weg zu seinem Auto spürte Manfred die Wirkung der Biere. ‚Wie viele waren das jetzt eigentlich?‘, fragte er sich in Gedanken, um sich gleich darauf die Antwort selber zu geben: ‚Alles halb so schlimm! Habe ja schließlich eine Wurst gegessen und fühle mich gut. Also kann ich auch noch fahren.‘ Das tat er dann auch.

Zwei Kilometer weiter geschah das Unvermeidliche: Manfred geriet in eine Polizeikontrolle. Seine Papiere gab er noch brav heraus, aber als ihn die junge Polizistin fragte, ob er Alkohol getrunken habe, verneinte er.

„Dann würde ich Sie bitten, aus dem Wagen zu steigen und einen Test mit unserem Alkomat zu machen“, forderte sie ihn auf.

„Was soll ich machen?“, brauste Manfred auf, der eigentlich nur noch nach Hause wollte. „Halten Sie lieber die Säufer an, aber doch nicht mich! Natürlich habe ich ein, zwei Biere getrunken, wie Männer das eben so machen. Aber davon bin ich doch nicht besoffen!“

„Tut mir leid, mein Herr, aber ich muss auf dem Test bestehen. Es geht auch ganz schnell: Sie blasen in ein Röhrchen, und wenn alles in Ordnung ist, können Sie weiterfahren.“

„Natürlich ist bei mir alles in Ordnung“, gab er heftig zurück. Ihm schwante inzwischen, dass es wohl doch ein paar Bier zuviel gewesen waren, aber er dachte, wenn er nur bestimmt genug auftrat, würde sich die Polizistin beeindrucken lassen. So jung, wie die aussah, konnte sie noch nicht lange dabei sein. Also redete er weiter auf sie ein.

Als die Polizistin aber hartnäckig auf einem Alkoholtest bestand, fuhr Manfred aus der Haut: „Was soll der Scheiß, du dämliche Fotze, geh gefälligst Verbrecher jagen und hör auf, unschuldige Fußballfans zu belästigen! Und wenn du meinst, dass hier geblasen werden soll, dann blas du in mein Rohr, vielleicht beruhigt dich das, du dämliche Kuh!"

„Das reicht! Raus aus dem Wagen!"

„Oh, die Bullenkuh wird sauer!", höhnte Manfred, „Na, vielleicht sollte ich dir erstmal den Arsch vollhauen, damit du Respekt vor deinem Arbeitgeber bekommst, denn das bin ich als guter und treuer Steuerzahler!"

Bei diesen Worten stieg er aus seinem Wagen und machte einen Schritt auf die Polizistin zu. Ob er die Beamtin wirklich schlagen wollte oder nun doch wegen der Durchführung des Alkoholtests ausgestiegen war und seine Niederlage nur mit markigen Worten und Gesten zu kaschieren versuchte, ließ sich später nicht mehr feststellen. Die Polizistin und ihr unauffällig in der Nähe stehender Kollege fassten seine durchaus missverständlichen Bewegungen jedenfalls als Angriffsversuch auf und ehe Manfred sich versah, hatten sie ihm Handschellen angelegt. Danach ging es auf die Wache, wo seine Personalien aufgenommen wurden. Anschließend kam er in eine Ausnüchterungszelle, während die Beamten seine Frau informierten.

Es dauerte nur eine halbe Stunde, dann war eine wutschnaubende Martina auf der Wache. Haarklein ließ sie sich von den Beamten den Sachverhalt erklären, was ihre Wut auf Manfred in unerhörte Dimensionen steigerte. Als sie schließlich zu ihm in die Zelle durfte, wurde sie auf ihren ausdrücklichen Wunsch von der jungen Polizistin, die Manfred so derb beleidigt hatte, begleitet.

Als die Zellentür aufging, saß Manfred wie ein Häufchen Elend auf der Pritsche. Als er Martina erkannte, hellte sich sein Gesicht auf, aber nur solange, bis er die Gewitterwolken darin erkannte.

„So, du bist also besoffen Auto gefahren, ja?", herrschte Martina ihren Mann an.

„Ja, also... ich war ja noch fahrtü..." Weiter kam er nicht.

Patsch!

Mit einer Ohrfeige unterbrach Martina die Erklärungsversuche ihres Mannes und schimpfte: „Nicht nur, dass du dich unbedingt besaufen musstest, nein, du hast auch noch diese Beamtin beleidigen müssen! Was für eine Unverschämtheit! Und was für Ausdrücke du gebraucht hast! Das ist..."

„Ich weiß nicht mehr, was ich gesagt habe", unterbrach Manfred nun seinerseits die Schimpfkanonade seiner Frau, „aber es war ja alles nicht so gemeint, ich..."

Patsch! Patsch! Patsch!

Was immer er zu seiner Verteidigung sagen wollte, ging in einem wahren Hagel von Ohrfeigen unter. Während sie zuschlug, zischte Martina wütend: „Unterbrich mich niemals wieder, du versoffenes Schwein!" Dann, als sie sich wieder beruhigt hatte, sagte sie in bestimmten Ton: „Entschuldige dich bei der Beamtin. Auf der Stelle!"

Mit hochrotem Kopf tat Manfred, wie ihm geheißen. Die Polizistin nahm die Entschuldigung nur mit einem knappen Nicken an.

„So", meinte Martina, „und jetzt fahren wir nach Hause. Da werde ich dir nicht nur das Saufen austreiben, sondern auch das Beschimpfen von Frauen!" An die Polizistin gewandt fuhr sie fort: „Hatte er nicht gesagt, dass er ihnen den Arsch vollhauen wollte? Nun, morgen wird er ihn voll kriegen, und das nicht zu knapp! Es wäre mir eine Freude, wenn Sie dabei sein würden, sozusagen als Entschädigung für das Ertragen seiner Beschimpfungen. Damit sie sehen, dass ich sein Verhalten ganz und gar nicht toleriere!" Als Martina merkte, dass die Beamtin etwas irritiert war, fügte sie rasch hinzu: „Ihr Kommen wäre natürlich rein privat!"

Nach kurzem Zögern stimmte die Polizistin zu. Manfreds schwacher Protest wurde rasch mit einigen harten Ohrfeigen erstickt.

Dann wurde er hart am Oberarm gepackt und von seiner Frau nicht gerade sanft aus der Polizeiwache gezerrt. Während der gesamten Heimfahrt sprach sie kein Wort mit ihm. Zu Hause angekommen, sperrte sie ihn ins Gästezimmer, damit er zunächst einmal die Reste von seinen Rausch ausschlafen konnte.

Den gesamten restlichen Tag sowie die Nacht musste Manfred im Gästezimmer verbringen. Am anderen Morgen durfte er zwar duschen, bekam aber außer einer weißen Unterhose keine frische Kleidung.

„Was soll das?", fragte er.

„Du wirst heute deine verdiente Strafe für dein Fehlverhalten bekommen. Nachher wird der Rohrstock Samba auf deinem Arsch tanzen, du versoffener Fußballfan! Damit du dann nicht zuviel ausziehen musst, wirst du den Tag im Schlüpfer zubringen." Martinas Stimme war anzumerken, dass sie innerlich noch immer vor Wut kochte.

Das merkte auch Manfred, der es deshalb vorzog, zu schweigen.

Zur vereinbarten Zeit erschien die junge Polizeibeamtin, allerdings in Zivil. Martina führte sie ins Wohnzimmer und begann eine Unterhaltung. Dazu öffnete sie eine Flasche Wein. Nach den ersten beiden Gläsern plauderten die beiden Frauen miteinander, als ob sie sich schon seit Jahren kennen würden. Dabei vergaß Martina jedoch nicht den eigentlichen Grund für das Beisammensein.

„So", sagte sie schließlich, „dann wollen wir mal zum ‚Höhepunkt' des Tages kommen, nämlich der Bestrafung dieses versoffenen Fußballfans." Sie öffnete die Wohnzimmertür und rief in Richtung Gästezimmer: „Manfred! Hierher, aber dalli!"

Gleich darauf klappte eine Tür und langsame Schritte waren auf dem Flur zu hören.

„Beeilung!", donnerte Martina.

Die Wohnzimmertür öffnete sich und Manfred erschien mit hochrotem Kopf im Türrahmen.

„Begrüß gefälligst unseren Gast!", herrschte ihn Martina an.

„Ja...Äh...Hallo", murmelte er unsicher in Richtung der Beamtin. Dabei hielt er seine Hände schützend vor die Unterhose.

Die Beamtin nickte ihm knapp zu, aber Martina war mit seiner Begrüßung nicht zufrieden: „Soll das alles gewesen sein? Du wirst die Dame jetzt anständig begrüßen, sonst setzt es eine Zusatzstrafe!"

Manfred blickte seine Frau erschrocken an. Als er aber ihren kalten Blick bemerkte, beeilte er sich an die Polizistin gewandt zu sagen: „Guten Tag! Ich freue mich, dass sie heute hier sind." Seine Gesichtszüge wirkten dabei jedoch derart gequält, dass man ihm ansah, wie viel Kraft und Überwindung ihn diese Worte kosteten.

Martina hatte inzwischen einen dünnen Rohrstock aus einer Zimmerecke geholt und war hinter ihn getreten.

„Du weißt, warum Sabine", dabei deutete sie auf die Polizistin, „heute hier ist, oder?"

Manfred schluckte schwer, bevor er nickte.

Sofort zog ihm Martina den Rohrstock quer über die Schenkel und rief: „Antworte gefälligst, du Wicht!"

„Sie ist hier, weil ich mich daneben benommen habe", keuchte Manfred.

„Hast du ihr noch etwas zu sagen, bevor ich dir den Arsch vollhauen werde?"

Manfred wusste, was Martina von ihm erwartete, also wandte er sich der Beamtin zu: „Ich...Also, es tut mir leid, wirklich! Ich hatte ein bisschen viel getrunken, und weil ich nichts vertrage, war die Wirkung umso schlimmer. Ich habe das, was ich gesagt habe, nicht so gemeint. Tut mir leid, ehrlich!"

„Glaubst du ihm?", fragte Martina die Polizistin.

„Ja, ich glaube schon, dass er es ehrlich meint." An Manfred gewandt sagte sie: „Ich nehme deine Entschuldigung an! Trotzdem möchte ich, dass dich deine Frau ordentlich bestraft."

„Worauf du dich verlassen kannst", bestätigte Martina. Dann wandte sie sich an Manfred: „Los, du versoffenes Schwein, den Schlüpfer runter und ab über die Sessellehne!"

Als Manfred kurz zögerte, fackelte Martina nicht lange und zog ihm den Rohrstock erneut quer über die Schenkel. Sofort begann Manfred vor Schmerzen von einem Bein auf das andere zu springen. Martina blieb von dieser Szene jedoch vollkommen unbeeindruckt: „Ist die Hose noch nicht unten?", zischte sie und hob drohend den Rohrstock.

Rasch streifte Manfred die Unterhose ab. Dann beeilte er sich, die angeordnete Position einzunehmen. Während Martina seine Hände mit Riemen an die Sesselbeine fesselte, erklärte sie der Polizeibeamtin: „Er kennt die Prozedur sehr genau, denn im Laufe unserer Ehe habe ich ihm schon manches mal mit dem Rohrstock Benehmen beibringen müssen. Stimmt's, Miststück?"

„Ja, Schatz", kam sofort die Antwort, wenngleich auch vor Scham flüsternd..

Martina trat nun seitwärts neben Manfred. Sabine, die Polizeibeamtin, trat ebenfalls hinter ihn, um besser zusehen zu können.

Dann ging es los! Martina ließ den Rohrstock elegant durch die Luft sausen und zielsicher auf das entblößte Gesäß ihres Mannes knallen. Ein unterdrückter Schmerzensschrei wurde hörbar. Mit zunehmender Anzahl an aufgezählten Hieben schwoll Manfreds ‚Gesang' an, während sich auf seinem Hintern ein interessantes Striemenmuster bildete.

Sabine, die Polizistin, sah fasziniert zu, wie Martina ihrem Ehemann die Leviten las. Die ganze Situation kam ihr unwirklich vor: Das Pfeifen des Rohrstocks, die schimpfende und dabei doch konzentriert agierende Martina, Manfreds wild tanzendes Hinterteil und dazu die immer lauter werdenden Schmerzensschreie des gezüchtigten Mannes. Sabine fühlte plötzlich ein Prickeln in ihrem Unterleib, das von einer wahnsinnigen Hitze in ihrer Lustgrotte gesteigert wurde.

Schließlich hielt es Sabine nicht mehr aus: „Bitte", wandte sie sich an Martina, „darf ich ihn auch mal schlagen?"

Martina sah die Frau erstaunt an, aber dann nickte sie: „Natürlich, das ist nur gerecht, immerhin hat er dich auf das Übelste beschimpft und ist sogar auf dich losgegangen. Hier", sie reichte Sabine den Rohrstock, „versohl dem Schwein so richtig gründlich den Arsch! Und hau ordentlich zu! Er soll die nächsten Tage so richtig Probleme beim Sitzen haben!"

Nun ließ sich Manfreds Stimme vernehmen: „Nein, bitte nicht! Nicht noch mehr!"

Ein harter Klaps von Martinas Hand, begleitet von einem gezischten „Sht!" ließ ihn sofort verstummen.

Sabine betrachtete lange den dünnen Rohrstock. Dann trat sie wie zuvor Martina seitwärts an ihn heran, nahm kurz Maß und ließ den Stock kraftvoll niedersausen. Offensichtlich hatte sie nicht genau genug gezielt, denn ihr Hieb kreuzte gleich mehrere von Martinas Striemen.

Sofort ertönte Manfreds wildes Schmerzgebrüll, während sein Hintern einen wahren Veitstanz aufführte. Wegen der an die Sesselbeine gefesselten Hände konnte er jedoch nicht aufspringen, auch wenn er genau das jetzt liebend gerne gemacht hätte.

Noch während er versuchte, die gerade erlittenen Schmerzen zu verarbeiten, traf ihn erneut der Stock!

‚Verdammt', dachte er, ‚Das Biest gönnt mir keine Ruhe, die will mich fertigmachen!'

Genau das war Sabines Absicht: Sie hatte es schon lange satt, sich ständig von Betrunkenen und Kleinkriminellen unflätig beschimpfen lassen zu müssen, nur weil sie eine Frau in

Uniform war. Hier und jetzt hatte sie die Gelegenheit, es einem dieser Bastarde mal so richtig heimzuzahlen! Und das tat sie auch! Kaum hatte ein Hieb sein Ziel getroffen, holte Sabine schon zum nächsten Schlag aus! Hieb auf Hieb folgte, in rascher Folge trafen sie das schon mehr als geschundene Gesäß und entlockten Manfred immer schrillere Schmerzenslaute.

Erst als Sabine vor Erschöpfung kaum noch ihren Arm heben konnte, hörte sie auf. Manfred heulte inzwischen Rotz und Wasser, aber es war ihm egal, wie das auf die beiden Frauen wirkte – seine Selbstachtung hatte sich in Luft aufgelöst. Die Polizistin hatte ihm mit ihren wilden, unkontrolliert gesetzten Hieben die schlimmste Tracht Prügel seines Lebens verpasst! Noch nie zuvor hatte er bei einer Züchtigung geheult oder auch nur so laut wie heute geschrieen. ‚Sie hat mich entwürdigt', schoss es Manfred durch den Kopf. Aber genau das hatte er ja auch getan: Mit seinen wüsten Beschimpfungen weit unterhalb der Gürtellinie hatte er Sabines Würde als Polizistin und als Frau beschmutzt, und nun hatte sie sich an ihm gerächt.

Martina erkannte, dass ihr Mann keine weiteren Schläge verkraften würde. Also band sie ihn los und erlaubte ihm, sich in einer Zimmerecke niederzuknien. Während er dort leise wimmernd ausharrte, tranken die beiden Frauen etwas Wein. Zwischendurch erlaubte Martina ihrem Manfred, sich zu duschen. Anschließend musste er den beiden Frauen sein nacktes Gesäß für eine Inspektion der Striemen präsentieren. Dabei gab

Martina einer sichtlich beeindruckten, aber auch angesichts der Schlagspuren nun doch geschockten Sabine eine Einführung in die Erziehung mit einem Rohrstock.

Am Ende des Tages hatten sich Manfred und Sabine versöhnt. Dabei erklärte sie, die Anzeige schon gleich nach Martinas imponierendem Auftritt in der Polizeiwache zurückgezogen zu haben, sodass Manfreds Verhalten insoweit keine Folgen haben würde. Dafür hatte er aber ein gewaltiges Problem beim Sitzen! Außerdem hatten Manfred und Martina wegen seines Fehlverhaltens eine neue Freundin gewonnen. Bei zukünftigen Stadionbesuchen hielt sich Manfred mit dem Trinken deutlich spürbar zurück, weil er wusste, dass Sabine meistens Dienst hatte und ein wachsames Auge auf ihn haben würde, um jedes ungebührliche Benehmen sofort bei Martina zu petzen. Natürlich war seine Sorge übertrieben und die neue Freundin konnte ihn bei den Besucherströmen natürlich nicht tatsächlich beobachten. Aber er wusste nie, wo sie eingesetzt war, und deshalb benahm er sich vorbeugend anständig. In Manfreds Vorstellung war Sabine als Polizistin überall, auch wenn er sie nicht sehen konnte! Aber wenn es hilft, dass sich ein Fußballfan anständig benimmt, ist das ein sehr positives Ergebnis, denn Provokateure und Randalierer gibt es schon mehr als genug in einem Fußballstadion! Ebenso wie betrunkene Autofahrer auf den Straßen!

Erwischt!

Ulrike und Birgit waren nicht nur Arbeitskolleginnen, sondern auch die besten Freundinnen. Als solche gönnten sie sich jeden Freitagnachmittag das Vergnügen einer ‚Shoppingtour' oder, wie sie es nannten, einer ‚Frauensause'. Während Ulrike als Single auf niemanden Rücksicht zu nehmen brauchte, hatte Birgit das Einverständnis ihres Mannes bekommen. Thomas war auch ganz froh darüber, mal ganz alleine im Haus zu sein, denn dann konnte er seine Musik laut aufdrehen, ohne dass sich Birgit über ‚wegfliegende Ohren' beschweren konnte.

Auch an diesem Freitag im Januar waren die beiden Frauen in die Stadt gefahren, um ihre ausgiebige Einkaufstour durch die Kaufhäuser durchzuführen. Anschließend wollten sie den Tag wie üblich bei einem Cappuccino in ihrem Lieblingscafé beschließen. Leider vermieste ihnen der Winter mit seinem starken Schneefall die Lust am Stadtbummel, so dass sie weitaus früher als üblich in ‚ihrem' Café landeten. Aber wieder hatten sie Pech: Vor ihnen hatten schon andere Leute die gleiche Idee gehabt, so dass die beiden partout keinen freien Platz mehr finden konnten. Kurz entschlossen schlug Birgit vor, den Cappuccino bei ihr und Thomas im Wohnzimmer einzunehmen. So kam es, dass die beiden Frauen fast drei Stunden früher als üblich im Haus von Birgit und Thomas eintrafen.

Schon beim Öffnen der Haustür vernahmen sie aus dem Wohnzimmer deutlich das Stöhnen eines Mannes und einer

Frau, dazu leise musikalische Untermalung. Irritiert stürmte Birgit mit schnellen Schritten zur Zimmertür, riss diese mit einem Ruck auf und erstarrte plötzlich. Ulrike war ihrer Freundin auf dem Fuße gefolgt, hatte aber nicht mit einem so abrupten Bremsmanöver gerechnet. Sie prallte gegen ihre Freundin, wodurch diese weiter in den Raum geschoben wurde und nicht länger den Türrahmen versperrte. Nachdem sich Ulrike um Birgit herumgeschlängelt hatte, sah sie das Bild, das ihre Freundin zum Erstarren gebracht hatte: Als erstes registrierten die beiden Frauen beinahe zeitgleich den eingeschalteten Fernseher, auf dessen Bildschirm eindeutig ein Pornofilm lief. Das Paar, das sich darin vergnügte, war für das wollüstige Gestöhne verantwortlich, das Birgit und Ulrike bereits an der Haustür gehört hatten. Sodann wanderten ihre Blicke zum Sofa hinüber, auf dem Thomas splitternackt saß. Er war beim Aufreißen der Tür ebenfalls erstarrt. Mit der rechten Hand hielt er noch immer sein steifes Glied, das in einem Kondom steckte. Nur langsam löste er sich aus seiner Schockstarre, während sich seine Augen vor Schreck weiteten. Es war unübersehbar, dass er gerade bei der ‚Handarbeit' ertappt worden war.

Ein beängstigendes Schweigen breitete sich minutenlang in dem Raum aus, das lediglich von dem Hecheln und Stöhnen aus dem Fernseher durchbrochen wurde.

„Du Schwein!", zerschnitt schließlich Birgits zornerfüllte Stimme die Stille des Raumes, „Was treibst du denn da, du elendes Miststück? Das darf ja wohl nicht wahr sein: Bei mir kriegst du seit Tagen keinen mehr hoch und kaum bin ich weg, ziehst du dir diese Bumsfilme rein und holst dir dabei einen runter!" Nach einem kurzen Blick auf sein Glied fügte sie hinzu: „Und das auch noch mit Erfolg! DEN Ständer hättest du bei mir haben müssen, du Scheißkerl!"

Thomas erhob sich langsam, während er mühsam nach Worten suchte: „Ich...ich kann das erklären", presste er schließlich mühsam hervor, während seine Erektion deutlich sichtbar in sich zusammenfiel.

„Na, da bin ich aber gespannt!", höhnte sie.

„Na ja", stammelte Thomas, „Weil es doch, äh...die letzten Male, also, bei uns, äh...also bei uns nicht so wirklich ge äh... geklappt hat..."

„Nicht so wirklich geklappt hat?", äffte ihn Birgit nach, um dann in bestimmtem Ton festzustellen: „Es hat überhaupt nicht geklappt, weil du keinen hochgekriegt hast!"

„Ja, okay, ich hatte ein paar...äh...Probleme", gab er zu, „deshalb wollte ich äh...testen, ob die äh... die Mechanik noch funktioniert, damit du beim nächsten Mal nicht wieder enttäuscht wirst." Als Birgit mit eisigem Blick schwieg, fuhr er hastig fort: „Du weißt doch, der Stress im Büro hat mich völlig fertig gemacht, dazu deine Enttäuschung...Ja, ich habe gemerkt, dass du über mein Versagen nicht glücklich warst, ich war es ja auch nicht. Aber seit ein paar Tagen ist es auf der Arbeit ruhiger, und ich dachte, dass wir es noch mal probieren könnten. Aber ich habe Angst, dass ich dich wieder enttäusche, und deshalb wollte ich, na ja, eben die... die Mechanik testen."

„Jetzt sag bloß noch, dass du das hier alles nur für mich machst", spottete Birgit. Thomas bemerkte ihren Tonfall nicht und sagte mit Erleichterung in der Stimme: „Ja, genauso ist es!"

Zu spät dämmerte ihm, dass das die falsche Antwort war. Er sah die Hand zwar nicht kommen, aber dafür fühlte er die Ohrfeige umso heftiger. Während seine Wange zu brennen begann, klingelten ihm die Ohren.

Erschrocken schaute er seine Frau an, die auch schon lautstark zu wettern anfing: „Du Schwein! Du holst dir hier genüsslich einen runter und denkst nicht mal im Traum an mich! Sogar als Wichsvorlage suchst du dir eine andere aus!" Dabei zeigte ihr Finger erst anklagend auf die Mattscheibe, auf der es die Blondine ihrem Partner gerade zum x-ten Male besorgte, und dann auf ihre eigenen, pechschwarzen Haare.

„Aber nicht nur, dass du mich mit dieser Bildschirmtussi betrügst..."

„Aber", unterbrach sie Thomas, „Das ist doch kein Betrug, sondern..."

KLATSCH!

Eine Ohrfeige beendete abrupt seine Verteidigungsrede, während Birgit mit sich beinahe überschlagender Stimme brüllte:

„Unterbrich mich nicht, du Schwein! Ich rede jetzt und du hältst dein verdammtes Maul!"

„Okay, okay", versuchte er sie zu beschwichtigen.

KLATSCH! KLATSCH!

„Was habe ich gerade gesagt?"

„Ich wollte doch nur…"

KLATSCH! KLATSCH!

Die erneuten Ohrfeigen belegten das endgültige Scheitern seines Beschwichtigungsversuches. Derweil zeterte Birgit weiter: „Ich bin total geil und unbefriedigt, während du deine ‚Mechanik' testest. Wie blöd ist das denn? Teste sie gefälligst bei mir! Stattdessen ziehst du dir diesen Scheiß rein! Woher hast du den eigentlich?"

„Aus der Videothek", kam die geflüsterte Antwort.

„Etwa aus unserer Stammvideothek?" Als er stumm nickte, schimpfte sie weiter: „Na toll! Dann wissen da jetzt also alle, dass du dir diesen Scheiß ansiehst. Wahrscheinlich denken jetzt alle, dass ICH nicht in der Lage wäre, DICH zu befriedigen! Dabei bist du die Lusche mit dem Schlappschwanz!"

Thomas holte tief Luft, um das ein oder andere Detail in seinem Sinne klarzustellen, aber nach einem kurzen Blick in ihre vor Zorn wild funkelnden Augen hielt er es für klüger, zu schweigen.

„Na warte", tobte Birgit, „dir werde ich zeigen, was ich von deinen Schweinereien halte!" Damit rannte sie aus dem Raum, um kurz darauf mit einem Rohrstock zurückzukommen. Als sie Thomas' schreckgeweitete Augen sah, ließ sie ein gemeines, leises Lachen hören.

„Ja, das ist er, der gute alte Rohrstock", grinste sie ihn an. Dann wandte sie sich an Ulrike, die angesichts der vorhergehenden fürchterlichen Szene an die Wand zurückgewichen war und dort die ganze Zeit fast ohne zu atmen gestanden hatte. „Mit diesem Stock", erklärte Birgit, „hat mich früher mein Vater immer versohlt, wenn ich mal wieder besonders frech war." Mit einem Kopfnicken deutete sie auf Thomas, bevor sie an ihre Freundin gewandt fortfuhr: „Als ich vor vier Jahren den Wichser da geheiratet habe, hat uns mein Vater den Stock überreicht mit den Worten ‚Wenn mal einer von euch über die Stränge schlägt, macht erst davon ausgiebig Gebrauch, anstatt euch gleich scheiden zu lassen'. Thomas und ich haben uns gegenseitig versprochen, im Falle eines Falles diesen Rat zu beherzigen." Und an Thomas gewandt: „Stimmt doch, oder erinnerst du dich nicht mehr daran?"

„Doch", nickte der Angesprochene langsam, „ich erinnere mich nur zu gut. Aber müssen wir das wirklich alles vor Ulrike breit treten?" Offensichtlich hatte er erst durch Birgits direkte Ansprache registriert, dass sich außer ihnen mit Ulrike noch eine dritte Person im Raum befand. Eine leichte Schamesröte überzog gleich darauf sein Gesicht, als ihm sein Zustand bewusst und ihm klar wurde, was sie schon alles mitbekommen hatte.

Langsam tastete er nach seinem Slip in der Hoffnung, seine Blöße diskret bedecken zu können. Die Rechnung hatte er aber ohne Birgit gemacht, deren wachsamen Blicken nicht das Geringste entging.

„Lass das!", fauchte sie, „Ulrike hat mit ansehen müssen, was du hier für eine Schweinerei gemacht hast, also hat sie das Recht, auch alles andere zu sehen. Du bleibst schön nackt! Aber nimm das dämliche Kondom ab, bevor es dir noch von deinem geschrumpften Pimmel rutscht!"

Bei diesen Worten wechselte die Farbe in Thomas Gesicht von einer leichten Röte zu einem tiefen Dunkelrot, während sein Blick Ulrike kurz streifte. Dann begann er, mit einem Papiertaschentuch das Kondom zu entfernen und sein Glied abzuwischen. Derweil wippte Birgit auf ihren Hacken und schlug den Rohrstock sanft in ihre freie Hand. Thomas registrierte das und nahm sich daher absichtlich viel Zeit mit dem Säubern seines Gliedes in der Hoffnung, dass Birgits Zorn von alleine verrauchen würde, wenn nur genug Zeit verstrich. Natürlich war das ein Irrglaube, denn es dauerte nicht lange und sie ätzte: „Was dauert denn da so lange?"

Als Thomas nun den Fehler machte, mit den Schultern zu zucken, riss Birgit der Geduldsfaden. Rasch hob sie den Rohrstock, ließ ihn kurz durch die Luft pfeifen und zog ihn schwungvoll über Thomas Oberschenkel. Der zuckte zunächst vor Schmerz und Schreck zusammen, ließ dabei das Taschentuch fallen und begann wie wild mit den Beinen zu zappeln. Noch während er nach Luft jappte und seine Schenkel rieb, schwebte ein kleiner Samenfaden in Richtung Fußboden. Birgit bemerkte das Malheur natürlich sofort, und mit zusammengekniffenen Augen sagte sie gefährlich leise: „Erst vernachlässigst du mich, dann vergnügst du dich ohne mich und jetzt versaust du auch noch den schönen Teppich! Na warte, jetzt bist du dran! Knie dich auf der Stelle hin." Als Thomas nicht reagierte, sondern sie nur ungläubig anstarrte, schob sie ein scharfes „SOFORT!" nach und hob drohend den Rohrstock. Das genügte, sein Widerstand war angesichts der für ihn peinlichen Situation ohnehin recht schwach. Durch den Anblick des ‚Gelben Onkels' war er nun endgültig gebrochen und es kam Bewegung in ihn. Nach einem kurzen Seitenblick auf die inzwischen spöttisch grinsende Ulrike, der die ganze Situation offensichtlich zunehmend Spaß bereitete, tat er wie befohlen.

Kaum kniete er vor Birgit, als die auch schon die nächsten Befehle bellte: „Auf alle Viere! Und jetzt den Oberkörper runter auf den Boden und den Arsch nach oben gestreckt! Na los, wird's bald!"

Thomas beeilte sich, aber so schnell er auch war, seiner tobenden Birgit ging es nicht schnell genug. Also trieb sie ihn an: Ein scharfer Rohrstockhieb traf seine Kehrseite und ließ ihn stöhnend zusammenzucken. Allerdings gab er sich dem Schmerz nur kurz hin, denn er wusste, dass Birgit weiter

‚nachhelfen' würde, wenn er nicht schleunigst die befohlene Position einnehmen würde. Also versuchte er, den sich ausbreitenden Schmerz zu ignorieren und beeilte sich, ihre Anweisungen auszuführen.

Nachdem er in der von ihr gewünschten Position auf dem Boden kauerte und sein Gesäß dem Rohrstock beinahe schon einladend entgegenreckte, umspielte ein diabolisches Grinsen Birgits Lippen. Langsam hob sie den Schlagarm und führte den Rohrstock mehrmals zu seinem Hinterteil, ohne jedoch zuzuschlagen. Thomas lief es jedes Mal eiskalt den Rücken herunter und die Scheinhiebe entfalteten ihre psychologische Wirkung: ‚Sie nimmt Maß', dachte er, ‚Sie nimmt ganz genau Maß. Verdammt, wann fängt sie denn endlich an? Wenn sie doch nur endlich anfangen würde, dann hätte ich es bald hinter mir!', schoss es ihm durch den Kopf, während sich seine Nervosität ins Unermessliche steigerte.

Birgit war sich ihres Tuns voll und ganz bewusst. Sie ahnte, was Thomas durch den Kopf ging und ließ ihn absichtlich eine geraume Weile zappeln. Aber irgendwann hatte sie die Nase voll von diesem Spiel! Es kam Bewegung in sie, der Rohrstock zerschnitt plötzlich die Luft und mit großer Präzision landete er auf Thomas Hinterteil!

Huuiitt – Klatsch!

Dem Geräusch des Aufpralls folgte ein schmerzhaftes Stöhnen des Getroffenen, auf dessen Gesäß sich sofort eine rote

Strieme bildete. Ihre Hitzewelle breitete sich in alle Richtungen aus, während das Gesäß leicht zuckte.

Thomas atmete tief durch und versuchte, sich gedanklich auf den nächsten Hieb vorzubereiten. Viel Zeit blieb ihm dafür nicht, denn schon ertönte wieder das markante Pfeifen des Rohrstocks! Der zweite Hieb traf ihn knapp oberhalb des ersten. Jetzt kam zu seinem Schmerzlaut noch ein wildes Zucken seiner Erziehungsfläche hinzu.

Birgit wartete nicht, bis er sich wieder beruhigt hatte, sondern zog ihm nun gleich zweimal kurz hintereinander den gelben Stock über. Thomas hatte den ersten der beiden Streiche noch nicht verdaut, als ihn schon der nächste traf. Die Schmerzen schienen sich blitzschnell zu potenzieren, die Hitze wurde zu einer wahren Flammenhölle. Seine Schreie waren jetzt deutlich vernehmbar, während sein Gesäß wild hin und her wackelte in der Hoffnung, dadurch den Schmerz lindern zu können und der überhitzten Fläche Kühlung zu verschaffen.

Es dauerte diesmal einige Zeit, bis er sich wieder halbwegs beruhigt hatte. Aber kaum verharrte er einige Sekunden halbwegs ruhig in seiner Strafstellung, schlug Birgit wieder zweimal kurz hintereinander zu, sauste der Rohrstock erneut auf Thomas hernieder.

Huuiitt – Klatsch! Huuiitt – Klatsch!

Thomas schrie nun laut auf, sein Oberkörper schnellte bereits nach dem ersten Hieb nach oben. Seine Selbstbeherrschung war gebrochen, er versuchte, sich aus seiner Position zu erheben. Birgit hatte damit gerechnet und trat ihm etwas derb in den Rücken, so dass er vornüber fiel. Bevor er sich von der Überraschung erholt hatte, war Birgit neben ihm und drückte seinen Kopf auf den Teppich: „Wenn du jetzt aufstehst, reißt mir endgültig der Geduldsfaden!", zischte sie, „Dann setze ich dich vor die Tür und liefere der Nachbarschaft und deinen Kollegen die Begründung gleich frei Haus. Für den Flurfunk in deinem Büro und in der Nachbarschaft wäre das ein gefundenes Fressen und beruflich dürftest du danach am Ende sein. Also: Wenn du schon im Bett versagst, dann sei wenigstens jetzt ein Mann und akzeptier deine Strafe!"

Thomas war bei ihren Worten bleich geworden. Er wusste noch sehr genau, wie man sich vor drei Jahren über das Pärchen von gegenüber das Maul zerrissen hatte, als es in deren Ehe gekriselt hatte. Von den Folgen im Büro ganz zu schweigen! Mit einer Freundin in flagranti ertappt zu werden, wäre in Ordnung, aber bei der Handarbeit erwischt zu werden – undenkbar! Dazu auch noch die Vorgeschichte mit seinem Versagen im Bett! Nein, damit würde er zu einer Witzfigur degenerieren, und das wäre sein berufliches Ende! Nein, das wollte er nicht durchmachen müssen, so durfte das nicht enden, dafür hatte er zu lange und zu hart gearbeitet! Also schluckte er zweimal schwer, bevor er sich entschied und stammelte:

„Ich...du hast ja recht, ich akzeptiere deine Strafe! Aber...der Schmerz...das tut höllisch weh!"

Angewidert verzog sie das Gesicht und spuckte ihm ein „Weichei!" ins Gesicht

„Lass mir wenigstens etwas Zeit zwischen den Hieben", bettelte er.

„Wie ich dich bestrafe, ist meine Sache, da hast du überhaupt nicht mitzureden! Akzeptier das oder pack deine Klamotten!"

Mit schreckgeweiteten Augen starrte er sie an: „Das...das ist jetzt nicht dein Ernst, oder?"

„Sehe ich aus, als ob ich zu Späßen aufgelegt wäre, du Wichser? Und jetzt marsch in die Strafstellung oder beweg deinen Arsch zur Tür raus – und zwar zur Haustür!"

„Schon gut, schon gut", flüsterte er beschwichtigend, „Ich werde versuchen, mich zu beherrschen."

„Versuchen reicht nicht! Reiß dich zusammen, sonst fliegst du raus! Dein dämliches Geplärre wegen der paar leichten Schläge hängt mir nämlich auch schon zum Halse raus!"

Thomas starrte Birgit an. War das tatsächlich seine liebevolle Frau mit dem großen Verständnis für alles und jeden, die da sprach? Dieselbe Frau, die erst vor ein paar Stunden das Haus verlassen hatte? Noch bevor er auf diese Frage eine Antwort gefunden hatte, bemerkte er gerade noch rechtzeitig ihren genervten Blick und beeilte sich, die befohlene Strafposition wieder einzunehmen. Innerlich sammelte er seine Kräfte und wappnete sich für die kommenden Ereignisse.

Die ‚Ereignisse' ließen nicht lange auf sich warten! Es waren scharfe Hiebe, und sie kamen in großer Zahl! Wieder und wieder ließ Birgit den Rohrstock auf sein Gesäß niedersausen, sein Hinterteil führte einen wahren Veitstanz auf und kam überhaupt nicht zur Ruhe. Selbst als Birgit die Bestrafung immer mal wieder kurz unterbrach, damit er sich etwas erholen konnte, nahm der Po-Tanz kein Ende. Längst schon fühlte er nur noch Wellen von Schmerz und Feuersbrünste, die sein Gesäß in einem fort überfluteten, seine Gedanken und jegliches andere Empfinden geradezu überrollten! Es schien nie aufzuhören, wieder und wieder sauste der Rohrstock mit seinem hässlichen Pfeifen herab, rollte eine neue Feuerwalze durch seine Kehrseite. Längst schon schrie er seinen Schmerz lautstark hinaus, während sich sein schweißgebadeter Körper hin und her warf, um den Hieben zu entgehen, der schon arg geschundenen Sitzfläche wenigstens für wenige Sekunden etwas Zeit für die Linderung der Schmerzen zu verschaffen. Mehr als einmal war er kurz davor, aufzuspringen, der Folter ein Ende zu setzen! In solchen schwachen Momenten wollte er sich lieber der Schmach und dem Spott der Nachbarn und der Kollegen ausliefern, als diese Tortur auch nur eine Minute länger zu ertragen. Dann wiederum schimpfte er innerlich mit sich selber wegen seiner Wehleidigkeit, schalt sich einen Feigling und Narren, sprach sich Mut zu und versuchte durchzuhalten. Dabei bemerkte er nicht einmal, dass er während dieses inneren Kampfes ein paar erneute Hiebe überstanden hatte. Immer wieder sprach er sich innerlich Mut zu, denn irgendwann MUSSTE Birgit doch mal aufhören, und sei es nur, weil ihr der Schlagarm wehtat.

Aber er hatte Birgit unterschätzt! Hausarbeit ist nicht immer leicht und baut Armmuskeln auf, zudem verlieh ihr die Wut ungeheure Kräfte. Allerdings machte die Wut sie nicht blind, und so erkannte sie schließlich, dass Thomas sich redlich um Strafverbüßung bemühte, aber kurz vor dem Erreichen seiner eigenen Grenze stand. Also hielt sie schließlich inne und wartete, bis er sich halbwegs beruhigt hatte. Das dauerte jedoch eine geraume Weile, denn noch lange, nachdem sie schon mit dem Schlagen aufgehört hatte, warf er sein Gesäß hin und her und heulte seinen Schmerz hinaus. Schließlich beruhigte er sich aber doch nach und nach, bis er endlich ruhig auf den Knien lag. Nur sein Atem ging noch eine ganze Zeitlang stoßweise.

Lange betrachtete Birgit ihren Thomas. „Na gut", meinte sie schließlich, „das soll fürs Erste genügen. Du darfst dich jetzt duschen gehen. Ich habe Ulrike einen Kaffee versprochen, und den werden wir jetzt auch trinken. Wir haben ihn uns redlich verdient. Aber wir beide", dabei drehte sie sein Gesicht in ihre Richtung und sah ihm fest in die Augen, bevor sie gefährlich leise zischte: „wir sind noch nicht miteinander fertig! Wir beide werden uns noch sehr ausführlich unterhalten." Sie gab seinen Kopf frei, verpasste ihm dabei aber noch eine leichte Ohrfeige. „Und jetzt verschwinde!", befahl sie.

Mühsam stemmte sich Thomas vom Boden hoch und wandte sich Richtung Zimmertür. Seine Beine schienen immer wieder den Dienst versagen zu wollen, so dass sein Gang eher die Bezeichnung ‚Torkeln' denn ‚Gehen' verdiente. Dennoch schaffte er es, sich Richtung Zimmertür zu bewegen.

Nachdem er bereits die Hälfte des Weges geschafft hatte, ließ ihn ein scharfes „STOP!" von Birgit mitten in der Bewegung innehalten. Langsam kam sie auf ihn zu und visierte seinen Genitalbereich an wie ein Raubvogel seine Beute. Thomas Augen verfolgten geradezu ängstlich jede ihrer Bewegungen.

Als Birgit noch etwa zwei Schritt von ihm entfernt war, zeigte sie auf seine Genitalien und bellte: „Erklär mir doch bitte mal DAS da!"

Verwirrt schaute Thomas an sich herab und sah zu seinem eigenen Erstaunen, dass sein kleiner Freund in herrlichster Pracht gen Zimmerdecke schaute.

„Mir scheint, dass dir die Prügel Spaß gemacht haben", sinnierte Birgit, wobei ihre Stimme zwischen Spott und Ärger schwankte.

„So etwas soll es geben", ließ sich nun erstmals Ulrike vernehmen, die die Bestrafung von Thomas mit großen Augen und ebenso großem Interesse verfolgt hatte, „Ich habe gehört, dass manche Leute erst durch eine ordentliche Tracht Prügel scharf werden."

„Na sieh mal einer an", murmelte Birgit, bevor sich ihre Stimme hob und an Schärfe gewann, während sich die Tonlage mit jedem Satz steigerte: „vielleicht war ich ja bislang viel zu nett zu dir. Vielleicht brauchst du ja ordentlich Dresche, damit du mich sexuell befriedigen kannst. Vielleicht hätte ich den Rohrstock schon viel eher rausholen sollen!" Sie machte eine kurze Pause, um dann ruhiger fortzufahren: „Das werden wir sehr gründlich testen!" Dann fuhr sie ihn barsch an: „Was stehst du hier noch so dumm rum? Du sollst Duschen gehen!"

Auf Thomas Gesicht war auf Grund von Birgits Rede nichts als Verwirrung zu sehen. Konnte es sein, dass ihn Schläge tatsächlich stimulierten? Er dachte darüber nach, und der Gedanke begann ihn zu faszinieren.

Zwei harte Ohrfeigen rissen ihn aus seinen Gedanken!

„Du sollst duschen, du verdammtes Schwein, du stinkst nach Schweiß!", schrie ihn Birgit an.

Diesmal verlor Thomas keine Zeit und trottete, soweit es seine zitternden Knie erlaubten, gehorsam aus dem Zimmer, während die beiden Frauen seine wild verstriemte Kehrseite betrachteten.

„Glaubst du wirklich, dass er auf Schläge steht?", fragte Ulrike.

„Keine Ahnung, aber der Ständer eben war der beste, den er je hatte. Ich werde der Sache nachgehen, darauf kannst du dich verlassen!"

Ulrike nickte. Sie wusste, dass Birgit das, was sie sich einmal vorgenommen hatte, auch durchzog. Thomas, der nach dem Schließen der Tür zum Durchatmen dahinter stehen geblieben war, wusste das ebenfalls und nickte bestätigend. Auch er ahnte, was ihm in der nahen Zukunft blühen würde. Aber statt Angst empfand er ein bislang unbekanntes Gefühl der Befreiung, der Erleichterung, als ob eine Last von ihm genommen worden sei. Hinzu kam eine unerklärlich große Vorfreude auf die zukünftigen Ereignisse. Trotz oder gerade wegen seines brennenden Hinterteils konnte er sich ein Lächeln nicht verkneifen.

Das Büroferkel

Es war einer von diesen Arbeitstagen, an denen ständig Eil-Sachen hereinkamen. Wo die Vorgänge tagelang geschmort haben, wusste in der Regel niemand, aber plötzlich, kurz vor Fristablauf, tauchten sie wieder auf. Natürlich ging es bei den Eingängen immer um Geld, und da das in der heutigen Zeit knapp ist, musste eine schnellstmögliche Bearbeitung erfolgen. Aber egal, wie schnell man die Vorgänge auch bearbeitete: Es blieb immer das Gefühl, dass der Aktenberg nicht kleiner wurde. Irgendwann kam man dann resignierend zu dem Schluss, dass man es nicht während der normalen Arbeitszeit schaffen konnte und daher Überstunden nötig waren, um doch noch alles termingerecht erledigen zu können.

An diesem kalten Januartag war die Reihe an Rainer, die unangenehme Erfahrung mit plötzlich auftauchenden Eil-Sachen zu machen. Sehr schnell stand für ihn fest, dass es auf Überstunden hinauslaufen würde. Darüber war er zwar nicht glücklich, aber der Chef würde ihm die Hölle heiß machen, wenn die Angelegenheiten nicht morgen früh erledigt wären. Normalerweise wäre Rainer das egal gewesen, aber weil er gestern ziemlich derb mit dem Chef aneinander geraten war und in der inhaltlichen Frage zudem Recht und sich deshalb durchgesetzt hatte, stand er nun in dessen Augen in der Rubrik Ansehen nicht besonders hoch im Kurs. Außerdem hatte Rainer schon seit geraumer Zeit das Gefühl, dass der Chef ihn am liebsten weghaben wollte. Also biss er in den sauren Apfel mit Namen Überstunden, weil er kein Öl ins Feuer gießen wollte. Die Kollegen aus den Nachbarbüros kannten solche Situationen ebenfalls. Als sie sich nach und nach von ihm verabschiedeten, sparten sie nicht mit ernst gemeinten Worten des Trostes und der Aufmunterung. Irgendwann war Rainer dann aber doch alleine in dem Dienstgebäude. Obwohl – so ganz stimmte das nicht, denn aus der Ferne konnte man die Geräusche von dem Putzwagen der Raumpflegerin hören.

Mitten in seiner Arbeit verspürte Rainer plötzlich ein dringendes natürliches Bedürfnis. Rasch beendete er den Gedanken in seinem Bescheid und begab sich dann eilig auf die Toilette am anderen Ende des Ganges. Dort angekommen suchte er rasch das nächstgelegene Urinal auf und ließ der Natur ihren freien Lauf. In Gedanken formulierte er dabei schon die nächsten Absätze seines Schreibens.

Als er fertig war, steckte er sein Glied in die Hose und wollte gerade den Reißverschluss schließen, als hinter ihm plötzlich eine Frauenstimme erbost sagte: „Das ist aber eklig!"

Erschrocken fuhr Rainer herum. Vor ihm stand die Putzfrau, eine schlanke Frau in den Fünfzigern. Ihr unförmiger Putzkittel vermochte nicht, die trotz ihres Alters tolle Figur zu verbergen. Lediglich im Gesicht konnte man die von Zigaretten und zuviel Schminke in jungen Jahren hinterlassenen Spuren erkennen. Gerade diese verschafften der Frau aber eine Aura von Autorität, die ihre Wirkung auf Rainer nicht verfehlte.

„Sie haben sich ihr Ding ja überhaupt nicht abgewischt!", fuhr die Frau vorwurfsvoll fort, noch bevor sich Rainer von seiner Überraschung erholt hatte, „Was wird wohl ihre Frau zu dem Fleck im Schlüpfer sagen?"

„Äh…ich bin Single", stammelte er, während er noch um Fassung rang. Als er sich wieder etwas gefasst hatte, wollte er zum Kontern ansetzen, denn auch wenn diese Frau geschätzte zehn Jahre älter war als er, so war sie doch einfach in die Herrentoilette gekommen, obwohl durch die Milchglasscheibe oberhalb der Tür eindeutig das Licht der Deckenlampe zu erkennen war. Außerdem hatte sie nicht mal angeklopft! Oder doch? Hatte er das Klopfen vielleicht überhört, so dass die Frau angenommen hatte, dass jemand das Licht versehentlich hatte brennen lassen?

Noch während Rainer seinen Gedanken nachhing und dabei nach einer guten Erwiderung suchte, hatte sich die Putzfrau in der Toilette umgesehen. Plötzlich blaffte sie ihn derb an: „Nun sehen sie sich diese Schweinerei an! Nicht nur, dass sie die letzten Tropfen in die Hose gemacht haben, nein, sie haben auch noch das Urinal total verpinkelt! Können sie nicht richtig zielen?" Anklagend zeigte sie auf das Becken, das er eben noch benutzt hatte. Tatsächlich waren auf dem Rand mehrere Tropfen zu erkennen, von denen aber einige schon lange eingetrocknet waren und damit unmöglich von ihm stammen konnten.

„Das…das war ich nicht", verteidigte er sich, aber sein Tonfall wirkte nicht sehr überzeugend. Zu sehr hatte ihn die Putzfrau mit ihrer rüden Art eingeschüchtert.

„Ach, auch noch feige, was?", höhnte sie, „Erst alles voll pinkeln und dann einen auf unschuldig machen, das habe ich gerne! Aber was will man schon von einem Ferkel erwarten, dass zu faul zum Abwischen seines Penis ist und stattdessen den Rest in die Hose laufen lässt."

„Da ist nichts in die Hose gegangen", protestierte Rainer nun doch etwas energischer.

„Ach ja, bist du sicher?", kam prompt die Gegenfrage, mit der die Putzfrau zudem vom ‚Sie' zum ‚Du' überging, „Dann zeig mir doch mal das Innenteil von deinem Schlüpfer! Ich wette, dass er einen hübschen nassen Fleck enthält."

„Quatsch, sie reden Unsinn", winkte er ab, „Das höre ich mir nicht länger an!" Damit wandte er sich ab und wollte auf die Tür zusteuern.

Die Stimme der Putzfrau hielt ihn zurück: „Wenn dein Höschen sauber ist, hast du doch nichts zu befürchten, oder? Aber ich mache dir einen Vorschlag: Wenn du mir beweisen kannst, dass dein Schlüpfer trocken ist, lasse ich die ganze Angelegenheit mit dem verpinkelten Urinal auf sich beruhen. Wenn aber doch ein paar Tropfen wegen deines schweinischen Verhaltens in dem Stoff zu erkennen sind, lässt du dir von mir den Arsch vollhauen." Ihre Augen funkelten ihn herausfordernd an: „Na, was ist?"

„Ich…ich weiß nicht, warum ich einen solchen Blödsinn mitmachen sollte", entgegnete Rainer mit trockener Stimme. Passierte das hier wirklich? Hatte sie ihm tatsächlich gerade eben eine Tracht Prügel angedroht?

Schon riss ihn ihre Stimme aus seinen Gedanken: „Ich könnte auch zu deinem Chef gehen und mich bei ihm über dein Ekel erregendes Verhalten auf dem Klo beschweren. Mal sehen, wie er auf verpinkelte Urinale reagieren wird."

Das saß! Die Gedanken rasten durch seinen Kopf – eine solche Beschwerde würde seinem Chef gerade recht kommen! Wenn der ihm dann auch noch einen winzigen Fehler in einer gerade erst bearbeiteten Akte anhängen könnte, wäre sein Schicksal besiegelt. Dabei würde es nicht einmal darauf ankommen, ob es ein tatsächlicher oder nur ein behaupteter Fehler wäre - die zeitgleich erhobene Toilettenbeschwerde würde alles überdecken. ‚Scheiße', dachte Rainer, ‚ich bin am Arsch. Wie komme ich aus dieser Nummer bloß wieder raus?'

Schon drang wieder die Stimme der Putzfrau an sein Ohr: „Was ist nun, wie willst du es haben? Oder versuchst du gerade Zeit zu schinden, damit der Urin in deinem Schlüpfer trocknen kann? Falls ja, vergiss es, Kleiner: Die Brühe hinterlässt einen netten Fleck, der als Beweis genauso gut ist wie die Feuchtigkeit!"

Er ignorierte ihren Vorwurf. „Was…was wollen sie?", fragte er mit matter Stimme. Sein Tonfall ließ deutlich erkennen, dass er kapituliert hatte.

„Zieh deine Hose und den Schlüpfer aus, und dreh das Höscheninnere nach außen. Wenn alles trocken und sauber ist, kannst du gehen und ich vergesse das hier alles. Aber wenn ich etwas finde, akzeptierst du eine ordentliche Tracht Prügel für deine Verfehlungen. Einverstanden?"

„Na ja... Was ist, wenn hier jemand reinkommt? Oder auf dem Flur etwas mitbekommt?"

„Hier ist außer uns beiden niemand mehr. Die Außentür des Gebäudes ist ebenfalls abgeschlossen, so dass auch niemand mehr hereinkommen kann. Wir sind also ganz unter uns."

Rainer wand sich noch ein wenig, aber als die Putzfrau mit einem weiteren und diesmal eindeutig schärferem „Na, was ist nun? Bist du einverstanden oder nicht?" nachfragte, willigte er widerwillig ein und begann, die Hose zu öffnen. Die ganze Situation kam ihm völlig unwirklich vor, weshalb seine Bewegungen unbeholfen wirkten. Trotzdem schaffte er es, seine Hosen auszuziehen. Als er schließlich mit entblößtem Unterleib vor ihr stand und ihr mit seinen Händen das Innere des Slips entgegenstreckte, ärgerte er sich darüber, dass er eine weiße statt einer schwarzen Unterhose angezogen hatte. Bei schwarzem oder auch dunkelblauem Stoff hätte seine Kontrolleurin wahrscheinlich keine Chance gehabt, verräterische Spuren zu finden. Oder vielleicht doch? Aber das war nun alles egal, denn tatsächlich hatte er einen weißen Slip an, der nun genauestens inspiziert wurde. Am liebsten wäre Rainer vor Scham im Erdboden versunken.

„Na also", triumphierte die Putzfrau recht schnell, „hier ist ein ziemlich großer feuchter Fleck, umgeben von drei gelben Flecken. Du warst heute also mehrmals während der Bürozeit auf der Toilette und hast deinen Penis nie abgewischt!" Ironisch grinsend hielt sie ihm das Corpus Delicti unter die Nase.

Rainer warf nur einen kurzen Blick auf die verräterischen Spuren, während sein Kopf knallrot wurde. „Das...äh...das kann ich erklären", stammelte er matt in dem Versuch, der Situation die Peinlichkeit zu nehmen.

„Brauchst du nicht", erwiderte die Putzfrau, „die Erklärung liegt auf der Hand: Du bist ein Schwein! Erkennst du an, als Büroferkel überführt zu sein?"

Sein Kopf glühte vor Schamesröte, während ihm die peinliche Situation die Stimme verschlagen hatte. Deshalb nickte er nur bestätigend. „Dann weißt du ja, was dir jetzt blüht!", lächelte sie. Rasch entledigte sie sich ihres Arbeitskittels und zog aus dem darunter befindlichen kurzen Rock einen schmalen Ledergürtel, den sie sich mehrmals um die Hand wickelte. Jetzt trug sie nur noch einen knielangen schwarzen Rock und dazu ein weißes T-Shirt, unter dem sich deutlich ihre nackten Brüste abzeichneten.

Rainer verfolgte die Szene mit einer Mischung aus Bewunderung für den schlanken und sportlich wirkenden Körper der Frau sowie Furcht und Beklemmung angesichts des wie eine Peitsche wirkenden Gürtels. Er wusste aus seiner Kindheit, wie giftig diese Dinger sein konnten. Aber noch bevor er weiter darüber nachdenken konnte, kommandierte ihn die Putzfrau erneut herum: „Zieh dich komplett aus und stell dich dann vor die Urinale." Rainer schluckte schwer, aber der Anblick der Frau sowie die Aussicht auf eine Tracht Prügel lösten in ihm nicht nur beklemmende, sondern auch ungeahnte Gefühle von Wohlbefinden aus. Während sich sein kleiner Freund stolz aufrichtete, zog sich Rainer wie in Trance aus.

„Bück dich soweit, dass deine Hände den Rand des Pinkelbeckens berühren!"

Gehorsam nahm er die befohlene Position ein.

„Jetzt setzt es was für das Verpinkeln des Urinals und dafür, dass ich immer die Schweinereien von euch Schlipsträgern wegmachen muss!", vernahm er ihre Stimme, die von einem leichten Zischen begleitet wurde. Noch bevor er sich über die Ursache des Geräusches im Klaren war, traf ihn der Gürtel mit voller Wucht auf seine nackte Kehrseite und biss kräftig in das bloße Fleisch, während sich die Gürtelspitze um das Gesäß herum wand und den oberen Bereich des Oberschenkels traf. Die dort ausgelösten Schmerzen waren noch schlimmer als das Brennen auf dem Po. Rainer zuckte heftig zusammen und ein leises Stöhnen entrang sich seinem Mund. Die Frau wusste, wie man den Gürtel führen musste, und ihm wurde klar, dass seine Bestrafung kein Zuckerschlecken werden würde.

Für weitere Gedanken blieb ihm keine Zeit, denn schon traf ihn der Gürtel erneut mit großer Wucht. Auch wenn dieses Mal ‚nur' seine Kehrseite getroffen wurde, war der Schmerz fast zuviel, denn seine zuletzt bezogene Tracht Prügel stammte noch von seinen Eltern und lag schon viele Jahre zurück. Die sich jetzt auf seinem Gesäß immer weiter ausbreitenden Schmerzen, gepaart mit einer großen Hitzewelle, weckten alte Erinnerungen. Wie damals wedelte nach jedem Schlag sein Hinterteil wild hin und her, um durch die Bewegung die Schmerzen zu lindern und den Po mit dem Luftzug zu kühlen. Besonders schlimm war es, wenn sich der Gürtel wieder um seine Beine herum wand und die Schenkel küsste. Dann war er jedes Mal versucht, aus seiner leicht gebückten Stellung aufzuspringen und sich wie ein Wilder die Schenkel zu reiben. Natürlich traute er sich das nicht, aber die Überwindung, still-zuhalten, kostete ihn viel innere Kraft.

Mit zunehmender Anzahl von Schlägen gewöhnte sich Rainer an die Situation und die Schmerzen. Seine Eltern hatten früher auch immer den Gürtel genommen und bei besonders schwe-ren Verfehlungen sogar einen Rohrstock. Da es ihm damals strikt verboten war, während einer Bestrafung aufzuspringen oder mit den Händen sein Hinterteil schützen zu wollen, hatte er eine enorme Selbstdisziplin entwickelt. Während die Putz-frau nun seinen nackten Hintern nach allen Regeln der Kunst verdrosch, kehrte diese Disziplin zurück. Allerdings war er etwas aus der Übung, so dass sein Gesäß im Laufe der Züch-tigung immer heftiger hin- und herwackelte und er mehr als nur einmal kurz vor dem Aufspringen war. Aber er hielt tapfer durch. Lediglich sein ‚Gesang', den er anfangs aus Angst, damit zufällige Zeugen anlocken zu können, mühsam unter-drückt hatte, schwoll langsam an. Zwar war er sich immer noch nicht sicher, ob die Putzfrau mit der Behauptung, dass sie alleine in dem Gebäude seien, Recht hatte, aber je mehr Hiebe er bezog, desto mehr war es ihm egal. Der Putzfrau schienen seine Schmerzenslaute ebenfalls herzlich egal zu sein.

Nachdem sie Rainers Hinterteil ordentlich verdroschen hatte, erlaubte sie ihm, sich wieder anzuziehen. Kaum hatte er sich aber erhoben, als die Putzfrau fuchsteufelswild wurde: „Du Schwein hast ja einen Ständer!", schrie sie, „Das ist ja wohl die Höhe! Die Schläge sollten dich für deine Schweinerei bestrafen und jetzt muss ich feststellen, dass du sie genossen hast!"

Rainer hatte während der neuerlichen Schimpfkanonade verlegen an sich herabgesehen und war feuerrot geworden. Tatsächlich hatten ihm die Schläge nicht nur Schmerzen bereitet, sondern tief in seinem Inneren auch schöne Gefühle ausgelöst. Er konnte sich das nicht erklären, aber das Ergebnis war ein unübersehbarer Ständer.

„Du bist ja total pervers!", schimpfte die Putzfrau weiter, „Aber warte nur, Freundchen, dafür kriegst du gleich noch eine Strafe!" Sie machte eine kurze Pause, bevor sie grinsend fortfuhr: „Du wirst jetzt unter meiner Aufsicht die Klos und Pinkelbecken putzen und wehe, wenn sie hinterher nicht blitzsauber sind!"

„Hören sie", protestierte Rainer, „ich habe in meinem Büro dringende Arbeiten zu erledigen, für so etwas habe ich jetzt keine Zeit!"

„Also soll ich morgen mit deinem Chef reden, ja? Ist dir das lieber, ja?"

Er wand sich, um der verrückten Situation zu entkommen: „Nein, nein, nicht den Chef einschalten, bitte nicht! Wenn sie unbedingt wollen, werde ich nachher wiederkommen und die verdammten Toiletten putzen, aber zuerst muss ich die verdammte Arbeit vom Tisch bekommen!"

Die Putzfrau überlegte kurz, aber weil sie Rainer ansah, wie sehr ihn der Arbeitsdruck belastete, stimmte sie zu. Allerdings mit der unmissverständlichen Aufforderung, sich nach Beendigung der Arbeiten sofort bei ihr zu melden und sich davor zu hüten, Zeit schinden zu wollen in der Hoffnung, dass sie Feierabend machen und auf seine weitere Bestrafung verzichten werde.

Rainer versprach es und machte sich schleunigst auf den Weg in sein Büro. Er hatte verstanden, dass mit dieser Frau nicht zu spaßen war. Andererseits verspürte er aber auch eine Erregung wie nie zuvor. Als er sich in seinem Büro in gewohnter Weise auf seinen Stuhl fallen ließ, verspürte er sofort leichte Schmerzen an seinem Gesäß. ‚Diese Furie', dachte er bei sich, ‚sie hat es mir ganz schön gegeben! Verdammt, so bin ich zuletzt als Teenager versohlt worden! Aber irgendwie ist es ein geiles Gefühl.' Dann machte er sich unverzüglich an die Arbeit, wobei ihn die Aussicht, sofort nach ihrer Beendigung erneut von der Putzfrau bestraft zu werden, ungeheuer motivierte. Mit wahrem Feuereifer stürzte er sich auf die Unterlagen und hatte nach etwas mehr als einer Stunde alles erledigt.

Zufrieden lehnte er sich zurück und dachte: ‚So schnell war ich noch nie! Unglaublich, wie sehr mich die Aussicht auf Strafe motiviert. Vielleicht sollte ich mich öfter verdreschen lassen.‘ Bei diesem Gedanken überzog ein verzücktes Lächeln sein Gesicht.

Dann machte er sich auf die Suche nach der Putzfrau. Er fand sie einen Flur über seinem. Sie begrüßte ihn mit den Worten: „Na endlich! Das wurde aber auch Zeit!"

„Tut mir leid, ich habe so schnell wie möglich gearbeitet, aber ohne Sorgfalt geht es nicht. Ein Fehler, und ich habe mehr Ärger am Hals als nur eine Tracht Prügel."

„Mag sein, aber das ist mir egal: Jetzt ist das Putzen der Toiletten an der Reihe, Bürschchen! Die Dinger auf deinem Flur habe ich bereits gereinigt, aber die Schüsseln und Pinkelbecken hier oben sind ebenfalls schön schmutzig und warten nur auf dich." Ihr Grinsen spiegelte dabei sowohl Hohn als auch Anspannung wieder. Offensichtlich war sie sich nicht sicher, ob Rainer gehorchen oder, nachdem seine Tracht Prügel schon etwas zurücklag, sich nun weigern und ihr vielleicht sogar Ärger machen würde. Aber daran dachte Rainer nicht im Entferntesten.

„Gut", sagte er nur gedehnt, „am besten ziehe ich mich dazu aus, damit meine Sachen nicht schmutzig werden."

Als die Putzfrau zustimmend nickte, entkleidete sich Rainer bis auf die Unterhose. Sofort protestierte die Putzfrau: „Alles ausziehen! Wenn du nämlich zu langsam oder nicht ordentlich genug bist, werde ich dir den Gürtel überziehen, und der zieht auf deinem nackten Arsch besser, als wenn er vom Schlüpfer-stoff abgemildert wird."

Rainer konnte zwar nicht glauben, dass sein dünnes Höschen die Wucht der Schläge wirklich spürbar abschwächen könnte, aber ihn erregte der Gedanke, vollkommen nackt vor ihren Augen die Toiletten zu putzen. Also streifte er auch den Schlüpfer ab, griff sich die Putzutensilien und widmete sich der Toilette in der ersten Kabine. Obwohl er sie äußerst sorgfältig putzte, schimpfte die Putzfrau wie ein Rohrspatz, dass er nicht ordentlich genug sei. Da sie ihm den Gürtel wegen der engen Kabine nicht quer über sein Gesäß ziehen konnte, trat sie ihm ersatzweise immer wieder kräftig in den Hintern.

Es dauerte einige Zeit, bis Rainer seinen Putzrhythmus gefunden hatte und sich nicht mehr von den Tritten ablenken ließ. Danach kam er zügig voran. Schon bald waren die Toiletten fertig, so dass er sich den Urinalen widmen konnte. Auch hier schimpfte die Putzfrau wegen seiner angeblichen Mängel beim Putzen. Da vor den Urinalen mehr Platz war, bekam er von ihr nun immer wieder den Gürtel übergezogen, wobei sie auch seinen Rücken nicht aussparte. Wieder wand er sich unter den Schlägen wie ein Aal, aber tapfer versuchte er, die Schmerzen zu ignorieren. Leider brauchte er wegen seiner Unerfahrenheit beim Putzen von Urinalen mehr Zeit als die Putzfrau, so dass sie genügend Zeit hatte, ihm recht oft den Gürtel überzuziehen. Schon bald glühte sein Hintern knallrot, und auch auf seinem Rücken waren die Spuren des Gürtels unübersehbar.

Irgendwann war er schließlich mit der Putzarbeit fertig. Sein Gesäß und der Rücken brannten zwar von den vielen Schlägen, aber dennoch fühlte er sich einfach nur gut. Erklären konnte er sich dieses Wohlgefühl nicht, aber danach stand ihm auch nicht der Sinn. Vielmehr genoss er seinen Zustand und das damit verbundene Glücksgefühl.

„So, das war's dann", sagte die Putzfrau nach einem letzten Blick über die nun blitzsauberen Toiletten und Urinale, und Rainer glaubte, einen Anflug von Bedauern in ihrer Stimme zu bemerken. Nun, da alles vorüber war, wirkten beide plötzlich etwas linkisch und unbeholfen. Ohne große Hast legte Rainer unter den Blicken der Putzfrau seine Kleidung an. Dann reichte er ihr zum Abschied die Hand und sagte nur ein Wort: „Danke!". Danach verließ er die Toilette und begab sich in sein Büro. Nachdem er seine Jacke und die Tasche gegriffen hatte, verließ er das Gebäude. Auf dem gesamten Heimweg und auch den ganzen Abend über erlebte er in Gedanken das Geschehen immer wieder und wieder, aber es war eine sehr angenehme Erinnerung.

In der Folgezeit begegnete er immer mal wieder, wie schon vor jenem denkwürdigen Tag, der Putzfrau. Anfangs lächelte er sie nur schüchtern an, während sie ihm verschwörerisch zuzwinkerte. Schließlich hielt es Rainer nicht mehr aus und provozierte eines Tages, als wieder Überstunden anstanden, eine Wiederholung des damaligen ‚Zwischenfalles'. Die Strafe folgte auf dem Fuße. Nach diesem neuerlichen Erlebnis vertieften die beiden ihre Beziehung. Seitdem beschränkten sich die Bestrafungen nicht nur auf das Verhalten im Bürogebäude, sondern umfassten auch den privaten Bereich. Manche Menschen haben eben Glück.

„Ich liebe alles an dir!"

Nun war es also wieder so weit, Manfred musste auf Geschäftsreise. Dabei wäre er viel lieber zu Hause geblieben, um seiner Eheherrin Susanne allabendlich dienen zu können. Seit drei Jahren schon lebten die beiden ihre Neigungen aus, von denen Manfred den devoten und Susanne den dominanten Part innehatte. In der Öffentlichkeit traten sie zwar wie ein ‚normales' Paar auf, aber hinter der Tür ihres Hauses lebten sie ihr Faible intensiv aus. Kein Wunder, dass sich ihr Privatleben geradezu als wahr gewordener Traum gestaltete, von dem sie jede Minute weidlich auskosteten.

Natürlich kam es bei der häuslichen Pflichterfüllung immer wieder vor, dass Manfred ein Fehler unterlief, er manchmal etwas langsam war oder gar eine Aufgabe vollkommen vergaß. In solchen Fällen pflegte seine Susanne nicht lange zu zögern und legte ihn kurzerhand übers Knie. Bei schweren Verstößen griff sie zwecks Unterstreichung der Schwere wahlweise zum Kochlöffel, ihrer Haarbürste oder sie zog den schmalen Ledergürtel aus den Schlaufen ihres meist kurzen Rocks. In ganz schweren Fällen holte sie einen Rohrstock hervor und machte ihren Mann damit nachdrücklich auf seine Pflichtverstöße aufmerksam. Obwohl Susanne strenge Hiebe austeilte und Manfred mit fortschreitender Züchtigung nach jedem Hieb aufschrie, genoss er ihre Schläge. Zumal er wusste, dass ihn Susanne nach jeder erfolgten Züchtigung zu sexuellen Diensten verpflichtete. Meistens waren es Leckdienste an einem ihrer beiden unteren Öffnungen, aber des Öfteren durfte er auch sein Glied in ihr versenken. In dem Wissen um das ‚Zuckerbrot' nach dem Rohrstock machte er manchmal sogar absichtlich etwas falsch, nur um erst in den Genuss einer Tracht Prügel und dann in den Genuss von sexuellen Wonnen zu kommen. Nicht, dass ihn Susanne sonst nicht an sich heran gelassen hätte, ganz im Gegenteil, aber Manfred liebte es, seiner Eheherrin große Lustgefühle zu verschaffen, während seine Kehrseite von den Hieben brannte – die Hitze seines Gesäßes und die Hitze von Susannes Lusthöhle zeitgleich zu spüren, bedeutete für ihn höchsten Genuss.

Bei aller Strenge, die in ihrer Ehe herrschte, liebten sich Manfred und Susanne aber so abgöttisch, wie es nur wirklich Liebende können. Er wurde nicht müde, ihr wieder und wieder seine Liebe zu gestehen, und wie sehr er alles an ihr mochte. Er brauchte nicht mit ihr im Mondschein spazieren zu gehen, um ihre kleinen Makel zu übersehen, weil er sie selbst im hellsten Sonnenschein ignorieren konnte. Und so verging kaum ein Tag, an dem er nicht von ihrer Perfektion schwärmte und seine Liebe zu allem, was zu ihrem Körper gehörte, betonte.

Susanne freute sich natürlich sehr über die Euphorie ihres Mannes, aber da er sein Loblied wieder und wieder sang, wurde es ihr manchmal etwas zu viel. Natürlich liebte sie wie alle Menschen Lob, aber so überschwänglich und oft, wie Manfred es spendete, wirkte es in ihren Augen manchmal etwas aufgesetzt und unehrlich. Auch wenn er mit seinen

Lobhudeleien vollkommen aufrichtig war, konnte sie sich manchmal ihrer Zweifel nicht erwehren. In solchen Momenten überlegte sie dann, wie sie ihm eine Lektion erteilen könnte.

Nun stand also diese Geschäftsreise vor der Tür. Zwei Tage und eine Nacht würde Manfred weg und von seiner Eheherrin getrennt sein. Eigentlich keine lange Zeit, aber für ihn war es das schon, weil er ja in dieser Zeit seiner Susanne nicht seiner grenzenlosen Liebe versichern konnte. Schon seit Tagen jammerte er deswegen, und immer endete sein Lamentieren mit dem Satz: „Wie soll ich das nur ohne dich aushalten?"

Anfangs machte ihm Susanne Mut, dass er das schon durchstehen werde, zumal es ja nur eine relativ kurze Zeit sei. Es half jedoch nichts, sein Gejammer ging weiter. Irgendwann wurde es ihr zu bunt und sie erwiderte nur noch mechanisch „Das wirst du schon."

Diese in Manfreds Ohren lapidare Antwort stellte ihn aber nicht zufrieden, und so jammerte er weiter, Tag für Tag: „Aber ich liebe dich, deinen Körper, deinen Gang, einfach alles an dir, das kann ich doch nicht zwei Tage und eine ganze Nacht entbehren!"

„Du musst, dein Job geht vor, also reiß dich einfach zusammen!" rief sie schließlich mit vor Zorn bebender Stimme

„Ich versuche es ja!"

Er versuchte es wirklich, aber leider blieben diese Bemühungen ohne Erfolg. Susanne schloss schließlich verzweifelt die Augen: „Du schaffst das!", versicherte sie ihm dann, aber seit einiger Zeit konnte sie die wachsenden Zweifel in seinen Augen sehen. Sein Jammern ging ihr inzwischen ganz gewaltig auf die Nerven, und so griff sie immer wieder zum Rohrstock, um ihn mit ein paar harten Hieben endlich zum Stillsein zu bewegen. Leider blieben ihre Bemühungen ohne Erfolg, denn Manfred ließ sich selbst von sehr scharfen Rohrstockhieben nicht von seinem Genöhle abbringen. Dabei hatte sie ihm sein Gejaule ausdrücklich verboten und ihn erst gestern wieder ausgiebig mit dem Rohrstock an das Verbot erinnert. Es half nichts, er jammerte und schimpfte immer weiter auf die Geschäftsreise.

Schließlich wurde Susanne die Situation zu bunt. Sie beschloss, ihrem Mann eine Lektion zu erteilen. Lange brauchte sie auf die Umsetzung ihres Plans nicht zu warten, denn natürlich begann er schon am Abend wieder mit seiner Litanei: „Diese blöde Geschäftsreise! Zwei ganze Tage und eine volle Nacht ohne dich, Herrin, das ist verlorene Zeit. Wie sehr könnte ich dich verwöhnen, aber nein, ich muss in irgendeinem Hotelzimmer hocken...“

Sie unterbrach ihn sanft, aber bestimmt: „Keine Sorge, ich weiß, wie ich dir die Zeit verkürzen kann. Ich werde dir etwas von mir mitgeben, das du jeden Abend ausgiebig anbeten und küssen darfst. Versprochen!“

Er war sofort hellwach und furchtbar aufgeregt: „Echt? Was ist es denn?“

„Das, mein lieber Manfred, wirst du im Hotel feststellen, nicht eine Minute früher!“

Natürlich drang er immer wieder in sie, um zu erfahren, was er mitbekommen sollte. Susanne blieb jedoch hart und als ihr schließlich wegen seines Nachbohrens der Kragen platzte, bekam Manfred, wann immer er fragte, sofort den Rohrstock zu spüren. Nach einiger Zeit ließ die Anzahl seiner Nachfragen nach, was aber weniger mit abnehmender Neugier, dafür jedoch umso mehr mit zunehmenden Sitzproblemen zu tun hatte, die ihm seine Büroarbeit erschwerten.

Endlich war der Tag der Abreise da! Susanne seufzte innerlich erleichtert auf, als Manfred endlich im Zug saß und davonfuhr. In seinem Koffer hatte sie ein dick verpacktes Päckchen mit der strikten Ermahnung untergebracht, es erst am Abend im Hotel zu öffnen, wenn er alleine und bereit für ihre Anbetung sei. Manfred hatte es gelobt.

Die Zugfahrt verlief ereignislos, und endlich hatte Manfred am frühen Nachmittag den Zielort erreicht. Er bezog rasch sein Zimmer und eilte dann zur obligatorischen Begrüßungsrunde. An diese schloss sich ein interessanter Vortrag an, von dem Manfred aber nicht viel mitbekam, weil er ständig über den Inhalt des rätselhaften Paketes in seinem Koffer nachdenken musste.

Endlich war das Pflichtprogramm des ersten Tages beendet. Das gemeinsame Abendessen und das anschließende gesellige Beisammensein gehörten dazu und jeder wusste, dass die Teilnahme daran Pflicht war, auch wenn das offiziell niemand sagte. Manfred nahm natürlich pflichtbewusst daran teil, obwohl er vor Neugier fast platzte und es nicht erwarten konnte, endlich allein in seinem Zimmer zu sein, um das ominöse Paket öffnen zu können.

Endlich begann sich die gesellige Runde aufzulösen. Manfred schloss sich dem Aufbruch einiger Kollegen an und eilte auf sein Zimmer. Nachdem er sich versichert hatte, dass Tür und Fenstervorhänge geschlossen waren, öffnete er seinen Koffer, entnahm ihm das geheimnisvolle Paket und riss rasch das verhüllende Packpapier weg. Darunter kam ein Glas mit inwendig verklebten Glas und einem Schraubverschluss zum Vorschein. Es kostete Manfred viel Mühe, den Verschluss zu öffnen. Endlich hatte er es aber geschafft – und erstarrte wie vom Donner gerührt. Aber nur für einen kurzen Moment, denn dann ergriff ihn ein heftiger Würgereiz. In dem Glas befand sich Stuhlgang, der gleich nach dem Öffnen seinen unangenehmen Duft im Hotelzimmer zu verbreiten begann.

Mit einer Hand vor dem Mund stürzte Manfred zum Fenster, riss die Vorhänge beiseite und öffnete die beiden Fensterflügel sperrangelweit. Dann ergriff er das Glas und mit viel Mühe und noch mehr Würgen entleerte er seinen Inhalt in der Toilette. Nachdem er den Kaviar weggespült hatte, säuberte er eine gefühlte Ewigkeit das Glas. Endlich schien es im rein zu sein, aber da ihm der Kaviarduft penetrant in der Nase haften geblieben war, war er sich nicht sicher. Trotzdem verließ er schließlich das Hotel und warf das Glas samt dem Packpapier in den Mülleiner einer verwaisten Bushaltestelle.

Zurück in seinem Hotelzimmer überlegte er, was er tun sollte. Seine Eheherrin anrufen und nach dem Sinn des Pakets fragen? Nein, das ging nicht, das verbot ihm seine Rolle als Ehesklave. Was also tun? ‚Am Besten ignorieren', dachte er. Schweren Herzens ging er zu Bett. An Schlaf war nicht zu denken, denn wann immer er in einen leichten Schlummer fiel, träumte er sofort von dem Kaviar und hatte dessen scharfen Geruch in der Nase, wovon er sofort wach wurde.

Auf die unruhige Nacht folgten ein Frühstück mit gutgelaunten Kollegen sowie eine Reihe von Vorträgen, die nur vom Mittagessen unterbrochen wurden. Manfred hatte Mühe, einen Bissen herunterzubekommen, denn kaum führte er etwas zum Mund, war der Kaviargeruch präsent. Er wusste, dass das Einbildung war, aber trotzdem reagierte er darauf.

Mit dem Mittagessen war die zweitägige Veranstaltung beendet. Manfred checkte aus dem Hotel aus und war pünktlich am Bahnhof. Die Bahn hatte keine Verspätung, sodass er zur vorgesehenen Zeit in seinem Heimatort ankam. Nach kurzer Taxifahrt war er wieder zu Hause.

Susanne erwartete ihn bereits im Wohnzimmer. Sie trug ein schwarzes Latexkleid, das ihre blonde Mähne noch mehr betonte. Dazu hatte sie die hochhackigen Stiefel an, die Manfred so gerne an ihr mochte. Ihre gesamte Erscheinung strahlte eine Kühle und Strenge aus, die Manfred beim Betreten des Raumes ehrfürchtig erblassen ließ. Er wusste aus Erfahrung, dass seine Eheherrin unter diesem Outfit keine Unterwäsche trug, und dieses Wissen erregte ihn. Sofort spürte er das wilde Pochen seines glühendheißen Gliedes in der nun viel zu engen Hose.

„Komm endlich rein!", herrschte Susanne ihren Ehesklaven an, „Und gib mir mein Eigentum zurück!"

„Dein...äh...was meinst du?"

„Die Gabe, die ich dir zur Verehrung im Hotelzimmer mitgegeben habe. Was denn sonst?"

Manfred schluckte. Wie sollte er Susanne klarmachen, dass er Kaviar und Glas entsorgt hatte? Er entschloss sich für die Wahrheit, denn eine Lüge würde sie ihm sofort ansehen: „Ich...habe es nicht mehr."

„Warum nuschelst du so leise vor dich hin?", zischte sie, „Her mit dem Glas!"

Manfreds Körper straffte sich. Mit brüchiger Stimme räumte er ein, alles entsorgt zu haben.

„Du hast WAAAS getan?"

„Es...es hat fürchterlich gestunken", verteidigte er sich, „das hätte die Putzfrau am anderen Morgen doch sofort gerochen und wer-weiß-was gedacht. Also musste ich handeln und habe alles weggeworfen."

„Nun ja", kam es etwas versöhnlicher zurück, „das kann ich verstehen. Aber zuvor hast du es doch sicher ausgiebig geküsst und als Teil von mir ehrfurchtsvoll verehrt, oder?"

Manfred wurde rot im Gesicht.

Susanne entging diese Veränderung nicht, und sofort hakte sie scharf nach: „ODER??"

Manfred wand sich, bevor er schließlich gestand: „Nein, meine Göttin, der Geruch hat mich so fertiggemacht, dass ich sofort gehandelt und alles weggetan habe."

„Ohne Kuss und ohne Verehrung?"

„Ja, meine Göttin. Es…"

„DU VERDAMMTER HEUCHLER! Ständig erzählst du mir, dass du alles mögen würdest, das mit mir in Zusammenhang steht. Und nun gebe ich dir zum Zeichen meiner Huld etwas sehr Persönliches und Intimes mit auf deine Reise, und du wirfst es einfach ohne jegliche Verehrung weg. Einfach so, ohne jegliche Respektsbekundung! Das ist ja ungeheuerlich!!!"

Manfred suchte nach Worten, um sich zu verteidigen, aber gegen Susannes Argument kam er nicht an. Also bekannte er sich schuldig und hoffte auf eine milde Strafe. Wobei sich sein noch von den Vortagen gezeichnetes Gesäß aber eigentlich schon wieder nach dem Rohrstock sehnte.

Susanne aber hatte sich diesmal etwas ganz besonderes ausgedacht: „Du verdammter Lügner wirst jetzt von mir ordentlich den Arsch voll gehauen kriegen, und in den nächsten Wochen werden wir die Verherrlichung von allem, was mit mir zu tun hat, üben. Wenn ich mit dir fertig bin, wirst du es lieben, mir als Toilette zu dienen. Aber jetzt werde ich dich erst mal Mores lehren! Marsch, über den Tisch! Du kennst ja deine Strafstellung."

Ja, die kannte er nur zu genau. Rasch entledigte er sich des Jacketts und seiner Hosen, und während er untenherum blank war, wurde sein Oberkörper von T-Shirt, Hemd und Krawatte bedeckt. Während er sich bückte und mit den Armen auf dem Wohnzimmertisch abstützte, dachte er über diese etwas ungewöhnliche Bekleidungskombination nach. Aber nicht lange, denn schon hatte ihm Susanne die Oberbekleidung noch et-was weiter nach oben geschoben und nun knallte der Rohr-stock unbarmherzig auf seine Kehrseite. Wieder und wieder schlug Susanne zu. Während der Züchtigung erklärte sie ihm ganz genau, was ihn noch erwarten würde, nämlich ein aus-giebiges Training der Verehrung ihres Körpers und allem, was damit zusammenhing. „Und wenn das Training den Rest dei-nes Lebens dauert, aber dir werde ich beibringen, mir gegen-über keine leeren Versprechungen mehr zu machen oder mich anzulügen. Von wegen ‚Ich liebe alles an dir‘, das war ja wohl die unverschämteste Lüge aus deinem verdammten Maul! Machst damit einen auf Romantik, und wenn du Taten folgen lassen sollst, ziehst du den Schwanz ein und ignorierst deine eigenen, schönen Worte! Na warte, Bürschchen, das hast du nicht umsonst getan!“

An diesem Abend pfiff der Rohrstock noch sehr lange durch die Luft. Doch das war erst der Auftakt zu dem angekündigten Verehrungstraining, an dessen Ende Manfred viel mehr von Susanne liebte, als er es sich zum jetzigen Zeitpunkt hätte träumen lassen...

Motivationshilfe

Es war einer von diesen typischen Winterabenden: Draußen lag zentimeterhoch der Neuschnee, die Temperatur war deutlich unter Null Grad gefallen und niemand verließ ohne triftigen Grund seine Wohnung. Die ganze Straße machte einen ausgestorbenen Eindruck, und nur hin und wieder huschte eine Katze vorüber.

In einem der Häuser flackerte im Wohnzimmer lustig ein Feuer im Kamin und verbreitete seine wohlige Wärme. Zusammen mit dem gedämpften Licht der Stehlampe war in der kleinen Sitzecke eine gemütliche Atmosphäre entstanden, die von Bergen an Knabberzeug sowie mehreren teils geöffneten, teils ungeöffneten Weinflaschen verstärkt wurde. Die beiden Paare hatten es sich in den Sesseln bequem gemacht und plauderten in leichtem Tonfall miteinander. Wenn man sich jahrelang kennt und mit der Leidenschaft für Spanking das gleiche und in den Augen vieler Menschen ungewöhnliche Faible teilt, gedeiht der freundschaftliche und harmonische Umgang miteinander umso besser. Zudem hatten bei beiden Paaren die Frauen ,die Hosen an', was nichts anderes bedeutete, als dass ihre Ehemänner immer wieder ohne Hosen waren, weil der Rohrstock ihre Kehrseite als Tanzfläche benutzte.

„Ich habe gehört, dass du jetzt zusätzlich noch in ein Fitnessstudio gehst", wandte sich Heike an Oliver, „hat dir dein bisheriges Training nicht gereicht?"

Anja gluckste vor Lachen: „Training? Nur weil er fast jeden Tag ins Hallenbad geht, ist das noch lange kein Training!"

„Ich wäre froh, wenn Wolfgang wenigstens jeden zweiten Tag zum Schwimmen gehen würde. Aber der Herr bekommt ja seinen Hintern nicht hoch." Der tadelnde Ton in Heikes Stimme war nicht zu überhören, während sie ihrem Mann einen liebevollen Blick zuwarf.

Wieder unterdrückte Anja ein Lachen: „Schwimmen ist nicht gleich Schwimmen, das kann ich dir sagen!"

Nun mischte sich Anjas Mann Oliver ein: „Ich schwimme vielleicht nicht so schnell wie manch anderer im Hallenbad, aber ich bewege mich immerhin! Bei meinem Bürojob ist das wichtig, und es erfordert auch eine ganze Menge an Selbstdisziplin, jeden Tag vor der Arbeit seine Bahnen zu ziehen."

„Wenn du das mal machen würdest", unterbrach ihn seine Frau. Dann wandte sie sich an Heike und Wolfgang und meinte mit leicht sarkastischem Unterton: „Ihr müsst wissen, dass mein geliebter Oliver zwar regelmäßig im Hallenbad ist, dort aber immer nur eine bestimmte Zeit schwimmt, keine bestimmte Strecke! Das bedeutet, dass er seine Bahnen so langsam zieht, dass ihn nicht nur die Rentner, sondern sogar die Rentnerinnen überrunden! Das muss man sich mal vorstellen!"

„Vielleicht geht er ja nicht wegen des Schwimmens hin, sondern um sich Bikinimiezen anzuschauen", vermutete Heike mit einem Augenzwinkern.

„Nein, dann müsste er mittags hingehen", widersprach Anja, „morgens sind nur Rentner mit ihren Frauen dort. Die jungen Frauen mit ihren knappen Bikinis sind frühestens ab Mittag da. Aber dann geht Oliver nicht dort hin, weil er seine Mittagspause lieber in der Imbissbude verbringt."

„Das stimmt ja gar nicht!", protestierte der Gescholtene sofort, „Soooo oft esse ich nun auch wieder keine Currywurst. Aber es ist schon richtig, dass morgens die Rentner und mittags die Jugendlichen im Hallenbad sind. Und, ja, mittags ist der optische Anblick reizvoller. Aber die Jugendlichen haben auch eine dumme Angewohnheit: Sie lieben das Springen von einem der Sprungtürme, und der Bademeister gibt ihnen zuliebe immer das Ein-Meter-Brett oder den ‚Dreier' frei. Im Freibad haben sie dafür ja ein eigenes Becken, aber im Hallenbad ist alles eins. Ich kann euch sagen: Es ist kein Vergnügen, wenn einem ständig ein Jugendlicher, der irgendeiner Bikiniträgerin imponieren will, vor die Nase springt. Rücksicht auf uns Schwimmer nehmen diese Typen nicht! Wahrscheinlich finden sie das ‚cool'."

„Oder sie sind zu sehr von der Figur ihrer Herzallerliebsten abgelenkt, um euch Schwimmer wahrzunehmen", vermutete Heike.

„Mag sein, aber lästig ist es trotzdem. Also gehe ich lieber morgens hin, dann ist es zwar genauso voll wie mittags, vielleicht sogar noch voller, aber niemand von den Rentnern will auf einen Sprungturm!"

Dafür", warf Anja ein, „ist es dann besonders peinlich, wenn er von den alten Leuten überholt wird. Die sind teilweise fast achtzig Jahre alt, und ziehen locker an ihm vorbei! Ich bin ein paar Mal mit gewesen und habe es selber gesehen! Es war unglaublich." Bei der Erinnerung schüttelte sie noch immer ungläubig den Kopf.

„Und was haben Olivers fehlende Schnellschwimmkünste nun mit seinen Besuchen im Fitnessstudio zu tun?"

„Ganz einfach", grinste Anja, „ich habe ihm einen Test verordnet: Wir sind gemeinsam ins Hallenbad gefahren und haben ein Wettschwimmen gegeneinander veranstaltet. Die Abmachung war klar: Wenn ich ihn innerhalb seiner üblichen dreißig Minuten Schwimmzeit mindestens dreimal überrunde, erhält er für jede Überrundung drei Hiebe mit dem Rohrstock auf den nackten Hintern. Wenn ich ihn aber maximal zweimal überrunde, würde ich ihm einen blasen und seinen Saft schlucken. Darauf steht das Ferkel nämlich." Liebevoll zwinkerte sie ihrem Oliver zu.

„Und?" Heike und Wolfgang hatten sich vor Aufregung in ihren Sesseln leicht aufgerichtet.

„Oliver hat den ‚Kampf der Geschlechter' verloren", grinste Anja, „bei seinem vorangegangenen gemütlichen Training auch kein Wunder! Ich habe ihn sage und schreibe elfmal überholt! Im Hallenbad hängt ja die große Uhr, und alle zwei bis drei Minuten war es soweit!"

„Elfmal in dreißig Minuten?", fragte Heike ungläubig. Dann wandte sie sich an Oliver: „Donnerwetter, da bist du aber ganz schön abgekackt!"

„Oder hast du dich nicht angestrengt, weil du ordentlich Hiebe bekommen wolltest?", fragte Wolfgang und baute seinem Freund damit eine goldene Brücke.

„Nein", gestand dieser kleinlaut und riss die Brücke seines Freundes gleich ein, „Anja ist ja schon immer eine richtige Sportmaus gewesen, aber dass sie mich so oft erwischt, hätte ich nie für möglich gehalten. Maximal zwei Überrundungen in dreißig Minuten zuzulassen, schien mir kinderleicht zu sein, zumal ich ja schon seit acht Wochen regelmäßig ins Hallenbad gehe und im Sommer viel joggen war. Es ist mir ein Rätsel, wie sie das geschafft hat!"

„Du paddelst halt nur herum, anstatt wirklich zu trainieren", lachte Anja, „und mit dem Joggen ist es so ähnlich: Leichtes Traben ist kein Joggen."

„Und jetzt muss Oliver ins Fitnessstudio?"

„Na ja, zuerst einmal hat er seine Hiebe bekommen: Elf Überrundungen machen bei drei Hieben je Überholmanöver dreiunddreißig Schläge mit dem Rohrstock. Die hat er noch am gleichen Abend bekommen."

„Nicht gleich im Anschluss an das Schwimmen?"

„Nein", grinste Anja, „vom Hallenbad muss er ja immer gleich ins Büro fahren, schließlich muss er das Geld für meine Kleider verdienen. Außerdem hatte er so den ganzen Tag Zeit, sich auf die Wucht zu freuen."

„Ich war an dem Tag ziemlich unkonzentriert", gestand Oliver
kleinlaut, „und musste ständig ich an die Hiebe denken. Anja
hat eine verdammt gute Handschrift!"

„Zeig ihnen das Ergebnis", forderte ihn seine Frau auf.

„Och, nö, bitte nicht!"

Aber Anja blieb unerbittlich: „Doch! Also runter mit den Hosen
und zeig ihnen die Ergebnisse deines Schwimmtests!"

Mit leichtem Widerwillen erhob sich Oliver und ließ Jeans und
Slip fallen. Im gedämpften Licht der Stehlampe und des Ka-
minfeuers waren die akkurat gezogenen Striemen deutlich zu
erkennen! Obwohl er die Tracht Prügel schon vor vier Tage
bezogen hatte, wirkten die Spuren noch so frisch als wären sie
vom Vortag. Anja hatte ihrem Mann ganz offensichtlich keine
Gnade gewährt, sondern war mit äußerster Strenge und harten Schlägen vorgegangen.

Nachdem die Freunde seine Striemen ausgiebig bewundert
hatten, durfte Oliver seine Kleidung wieder in Ordnung bringen. Währenddessen fuhr Anja fort: „Er hat beim Versohlen
ein ganz schönes Geheule vom Stapel gelassen, aber wer so
tut, als ob er Sport treibt und stattdessen nur faul durch die
Gegend oder besser durch das Wasser dümpelt, muss eben
fühlen! Ich habe außerdem festgelegt, dass wir den Test einmal im Monat mit den gleichen Bedingungen wiederholen
werden. Vielleicht gelingt es ihm ja irgendwann mal, sich den
Blowjob zu verdienen. Und damit der faule Sack eine Chance
hat, habe ich ihn im Fitnessstudio meiner Freundin Viola an-
gemeldet. Dort darf er jetzt regelmäßig ein richtiges Konditi-

onstraining machen und Viola hat von mir die Erlaubnis, ihn im Keller von ihrem Studio auszupeitschen, wenn er sich nicht anstrengt. Bislang klappt es recht gut", fügte sie mit einem Grinsen hinzu.

„Was, wenn er sich Violas Strafe verweigert?"

„Dann", erklärte Anja mit drohendem Unterton, „wird sie sich sofort bei mir melden und das Bürschchen kriegt von mir eine solche Abreibung, dass er nie, nie wieder eine Bestrafung von Viola verweigern wird. Außerdem würde ich ihn Viola für 24 Stunden überlassen."

Nicht nur Oliver erschauerte bei dieser Ankündigung. Die drei wussten, dass Anja bislang immer ihre Ankündigungen in die Tat umgesetzt hatte, und jeder von ihnen kannte Violas Vorliebe für SM und die ‚Folterkammer' unter ihrem Fitnessstudio.

„Beim nächsten Mal werde ich wohl auch noch verlieren, aber bestimmt nicht mehr so deutlich", versprach Oliver, wenngleich Heike und Wolfgang unsicher waren, ob er davon wirklich überzeugt war oder ob er sich nur selber Mut machen wollte. „Viola drillt mich wie ein alter Feldwebel, und das wird bald Wirkung zeigen." Lächelnd warf er seiner Frau einen Blick zu: „Dann heißt es Blowjob statt Hiebe!"

Anja grinste zurück: „Soll mir recht sein, wenn der Rohrstock als Motivationshilfe funktioniert und du mich nicht mehr blamierst. Denn welche Frau hat schon gerne einen Mann, der im Schwimmbecken vor lauter Kraftlosigkeit von Rentnerinnen überholt wird! Außerdem liebe ich es, deinen Schwanz zu lutschen!"

Lachend hoben alle vier ihre Gläser und prosteten sich zu, während Oliver den Toast aussprach: „Auf den Rohrstock als Motivationshilfe!" Dann klirrten die Gläser und die vier wandten sich anderen Gesprächsthemen zu. Wie immer wurde es eine lange Nacht...

Ebenfalls von I. DIGAS lieferbar:

Es tanzt der Gelbe Onkel. Stöckchenreime und Lehrgedichte für Spankingfreunde
ISBN 978-3-7347 7254-2